capítulo um
o fascismo dos bons homens 10

capítulo dois
a brancura é um estágio para a desintegração final 20

capítulo três
o amor é uma estupidez intermitente mas universal 32

capítulo quatro
um ataque de qualquer coisa 44

Capítulo Cinco
Teófilo Cubillas 58

capítulo seis
beleza de nobre e fome de miserável 68

capítulo sete
herdar portugal 80

capítulo oito
o silva da europa 88

capítulo nove
o tempo não é linear 100

capítulo dez
os olhos pequenos demais para verem uma coisa tão grande 110

capítulo onze
o esteves a transbordar de metafísica 120

capítulo doze
a promoção da beleza de se ser pobrezinho 130

capítulo treze
a máquina de roubar a metafísica a um homem 142

capítulo catorze
cidadãos não praticantes 152

capítulo quinze
velhos da cabeça 164

capítulo dezasseis
a memória seletiva 178

Capítulo Dezassete
A máquina de fazer espanhóis 188

capítulo dezoito
deus é uma cobiça que temos dentro de nós 192

capítulo dezanove
somos um povo de caminhos salgados 204

capítulo vinte
o que couber aí é pequeno 216

capítulo vinte e um
precisava deste resto de solidão para
aprender sobre este resto de companhia 234

capítulo vinte e dois
as melhoras da morte 242

nota do autor 253

Não sou nada.
Nunca serei nada.
Não posso querer ser nada.
À parte isso, tenho em mim todos os sonhos do mundo.
ÁLVARO DE CAMPOS, "Tabacaria"

Mamã, quando eu for grande, quero trabalhar, viver sozinha e ser mãe solteira de um porco.
CATARINA, cinco anos

dedicado ao meu pai,
que não viveu a terceira idade

capítulo
um
**o
fascismo
dos
bons
homens**

somos bons homens. não digo que sejamos assim uns tolos, sem a robustez necessária, uma certa resistência para as dificuldades, nada disso, somos genuinamente bons homens e ainda conservamos uma ingénua vontade de como tal sermos vistos, honestos e trabalhadores. um povo assim, está a perceber. pousou a caneta. queria tornar inequívoca aquela ideia e precisava de se assegurar da minha atenção. não tenho muita vontade de falar, sabe, senhor, estou um pouco nervoso, respondi. não se preocupe, continuou, a conversa é mais para o distrair e, se ficar distraído sem reacção, também não lho levo a mal. é o que fez a liberdade, acrescentou. um dia estamos desconfiados de tudo, e no outro somos os mais pacíficos pais de família, tão felizes e iludidos. e podemos pensar qualquer atrocidade saindo à rua como se nada fosse, porque nada é. as ideias, meu amigo, são menores nos nossos dias. não importam. as liberdades também fazem isso, uma não importância do que se pensa, porque parece que já nem é preciso pensar. sabe, é como não termos sequer de pensar na liberdade. é um dado adquirido, como existir oxigénio e usarmos os pulmões. não nos hão de convencer que volte a censura, qualquer tipo de censura, isso seria uma desumanidade e agora somos europeus. qualquer iniquidade do nosso peculiar espírito há de ser corrigida pela europa, para sempre. isto é que é uma conquista. e é como respirar, existir oxigénio e usarmos os pulmões, não se mete requerimento, faz-se e fica feito e não passa pela cabeça de ninguém que seja de outro modo. eu estava impaciente. abanava a cabeça como se concordasse, que era o meu modo de atalhar pela conversa com maior rapidez e sem enlouquecer. a laura não recebia alta e os médicos iam e vinham sem me atenderem por um minuto que fosse. o homem voltava a usar a caneta nos formulários intermináveis que preenchia, e repetia, se não dermos nas vistas, podemos passar uma vida inteira com os piores instintos, e ninguém o saberá. com a liberdade, só os cretinos mais incautos passaram a ser má gente. tudo o resto preza-se e cabe na sociedade de queixo erguido. e isso leva-nos a quê, perguntei eu. a quê, retorquiu, exultante pelo meu aparente interesse. sim, respondi algo provocador, o que quer dizer com isso, na verdade, na prática, o que significa uma afirmação toda ensimesmada dessas. ele voltou a pousar a caneta, pôs-se de pé com ar de quem faria um rodeio interminável mas, depois da hesitação, foi direto ao assunto. respondeu, num tempo em que todos somos bons homens a culpa tem de atingir os inocentes. pensei nos inocentes. não sou um homem piedoso. não há inocentes. o senhor, se não se importa, vai ver como está a minha mulher, já cá entrámos há duas horas e para uma má disposição depois do lanche começa a parecer-me muito tempo. tenha calma, senhor, tenha calma, isto por aqui anda pelas horas de deus. não acredito em deus, respondi-lhe, chegam-me os homens. e ele retorquiu, e acha que acredito eu. não. é só um modo de falar. deitamos mão ao que diz o povo e falamos sem pensar.

    fui para o pé da janela. estava um dia turvo, não coberto de nevoeiro, mas de uma claridade espessa, difícil de transpor, a queimar os olhos ameaçando uma tempestade para breve. ele levantou-se também e disse, ficou abafado, odeio estes dias. respondi, como eu. ele volveu, não ficou aborrecido com a nossa conversa, senhor silva, pois não. eu disse que não. são coisas tolas de quem pensa muito na vida, insistiu, porque na morte dá medo pensar. não se canse, também penso, e neste momento, como sabe, preocupo-me com a vida da minha mulher. ficámos um instante a perscrutar o exterior como se quiséssemos que enfim desabasse aquele céu pesado, mas não aconteceu nada. o homem interrompeu o silêncio para me explicar que também se chamava silva. cristiano mendes da silva, e eu imediatamente pensei em nós dois como a frente e o verso, eu, antónio jorge da silva, e ele, o silva da europa, o peito inchado de orgulho como se tivesse conquistado tudo sozinho. continuou, somos todos silvas neste país, quase todos. crescemos por aí como mato, é o que é. como as silvas. somos silvestres, disse eu, obrigado a sorrir já como quem suplica uma trégua. exatamente, concordou, assim do mato, grassando pelo terreno fora com cara de gente, mas muito agrestes, sem educação nenhuma. eu torci a cara e não respondi. depois não resisti a acrescentar, olhe que somos gente educada. e ele quase me repreendeu, mas a educação tem sido apertada neste país, à paulada, ou não lhe parece. achei que aquele silva era um imbecil dos grandes e que me estava a empatar as energias com retóricas a chegar a um ponto em que a irritação me fazia agir contra a vontade de estar quieto. e ele insistiu, já no limite, mas somos bons homens, podemos acreditar no que quisermos, seremos sempre bons homens. nós, os portugueses, somos mesmo, ponha isso na sua cabeça, colega silva. e a mim ninguém me apanha diminuído como outrora, somos europeus, eu sou um silva da europa, isso é que ainda há muitos que não o são, só porque ainda não o aceitaram ou não o perceberam. mas, sabe o que lhe digo, é inevitável. vai chegar a todos. é tempo. é tempo. um dia seremos cidadãos de um mesmo mundo. iguais, todos iguais e felizes nem que seja por obrigação. estamos a alastrar, como nos compete, e um dia ainda deixaremos de ser silvestres, agrestes, isso de ir como o mato, porque estaremos cada vez com melhores maneiras, sofisticados e cheios de nuances de interesse, subtilezas como as que assistem aos grandes carácteres. um dia, caramba, estaremos até cheios de razão.

    podia ser um modo de explicar todos os silvas, dizia ele rindo. grassando como o mato e bons homens, a explicação de todos os silvas. e a minha mulher, perguntei eu. não me pode ajudar a saber alguma coisa sobre a minha mulher. ele atordoou-se um bocado, como a sair de um estado de hipnose qualquer, e perguntou, que posso eu fazer. a mim não me dão satisfações, sou só um auxiliar. lá de fora ouviu-se um estalo seco no céu, como se um vidro baço quebrasse finalmente, pronto a deixar passar a chuva. vai chover, disse aquele silva da europa. calei-me, voltei à janela com uma necessidade profunda de sair dali.

    subitamente um médico entrou na pequena sala e veio ao meu encontro. senhor antónio silva. respondi que sim.

a sua mulher encontra-se bem, estamos ainda à espera do resultado de alguns exames, agora encontra-se apenas a dormir. foi sedada, pelo que não acordará tão cedo e nós vamos querer que ela passe cá esta noite. eu sorri como uma criança perdida a quem se dá a mão. não posso ficar também, perguntei. o médico, já afastado de mim, disse que não e desapareceu, neste serviço não. o silva da europa comentou, para eles é tudo mais fácil, sentem pelas pessoas um cuidado profissional. é como tratar de plantas, rigorosamente igual, que eu bem vejo que nem escutam o que se lhes diz, nem que o paciente gema ou grite, eles leem os papéis e as chapas que imprimem, olham para a cor das pessoas e decidem o que lhes apetecer. mas não se preocupe, sabem o que fazem e até têm coração, que eu bem os entendo. mas não posso voltar para casa sem ela. não a posso deixar aqui sozinha. não estaria sozinha. estaria sozinha de mim, que é a solidão que me interessa e a de que tenho medo. e isso nunca aconteceu. não, em quase cinquenta anos de casados, nunca aconteceu. também foi uma sorte. sim, foi uma sorte. não seja por isso, disse ele, se tiver paciência para a minha companhia, fique por aqui ao pé. simpatizo consigo. falo com os seguranças e passa cá a noite a ver-me preencher formulários e a ouvir a chuva. ainda lhes digo que é um primo. podíamos ser primos. que idade tem. acabei de fazer oitenta e quatro. espantoso, olhe que não parece. eu tenho sessenta e cinco e vou para casa no próximo mês, que já trabalhei para me fartar e agora quero mordomias.

    a chuva abrira violentamente pelo mundo fora. vinha de encontro às vidraças como se contivesse em si um monstro dentado esforçando-se por tragar-nos. caí para a cadeira ao pé da secretária, onde o outro recomeçava o seu trabalho, e senti-me encurralado.

    e a reforma é que devia vir mais cedo. antes das dores nas costas e da perda de jeito para conduzir. eu já não conduzo nada. fico encandeado com as luzes e confunde-me o barulho e a gente a vir de todos os lados. mas nem pode imaginar como me apetece ficar por aí sem ter o que fazer, só a passear e a comer coisas frescas. estou mais farto destas tarefas. sou o rabo desta máquina. o cu da máquina, entende. a porcaria que ninguém quer fazer, esta porcaria, vem toda aqui parar à minha mesa. e, enquanto olho por quem entra ou deve entrar, despacho a vida como se tivesse vontade de a despachar à pressa. eu sou daqueles a quem a vida doeu e, mais cedo me possa estender a descansar, mais feliz me ponho. isto por aqui é muito bom para quem começa e tem saúde. mas para nós, os mais velhos, já é uma tristeza vir para cá ver quem adoece e quem morre. é todos os dias a mesma coisa. estamos nisto para morrer, não tenha dúvidas, e não há milagre que para aqui mande anjos ou santos a ressuscitar ninguém. quem já foi, já foi, e não volta. que eu aqui é que bem o vejo. sem piedade pelos justos ou bondosos, ficam branquinhos igual aos maus ou sovinas e cabem nos mesmos caixões e, sabe o que é incrível, levam dos padres as mesmas encomendas nos sermões. tudo à medida, para provar que vamos todos para pó e somos uma valentia exatamente igual e mais nada. e se esta chuva ganhar um bocado mais de força, vai entrar por aqui adentro. não se admire. já aconteceu. uma vez deu para aí uma tempestade que até parecia raivosa conosco. andou a fazer estragos, nas redondezas, quero eu dizer, mas quando chegou ao hospital parecia que conhecia cá alguém. nossa senhora do leite. pôs-se a bater de tal maneira nos vidros que, ao fim de uns minutos, nem sei como foi, racharam uns quantos e, aqui diante de nós, a coisa teve tal intensidade que só não morri laminado em dois porque pressenti o ataque e escondi-me lá para o fundo a ver no que dava. agora é diferente. está tudo reforçado. isto não parte com qualquer pancada. fique descansado. nem que esta tempestade o conheça a si, não o há de apanhar cá dentro. estava só a assustá-lo um bocadinho.

    acha que os carros estão seguros, perguntei eu. não sei, respondeu, hoje acredito que se ponham para aí a flutuar como barquitos até meterem água boa para irem ao fundo.

qual é o seu, quis ele saber. aquele. aquele cinzento já meio velho. se lhe der a água, leve como é, vai deslizar facilmente. não pense nisso. sente-se, senhor silva, sente-se e tome um café. se quiser, está ali uma máquina nova que tira cafés e não são nada mal tirados. este hospital está feito com os pés. como é que se arranja um estacionamento para os carros que se transforma numa piscina com o temporal. ui, isto já foi feito há muito. estava bom era para ser mandado abaixo. havia de ir tudo abaixo e começar-se outra vez com outra vergonha na cara.

    sentei-me procurando distanciar-me. perder-me por dentro da cabeça a ver se a realidade virava outra coisa. não ali, não com aquele homem nem com aquela chuva prestes a levar-me o carro. a laura rir-se-ia de mim, sem dúvida. do modo como eu me deixava perder sem ela ao pé. precisas de uma mãe, dizia-me. eu queria pouco saber se aos oitenta e quatro anos via a minha própria mulher como a mãe necessária para uma sobrevivência equilibrada. era certo que me atrapalhavam todas as coisas que enfrentava sozinho. já há tanto estávamos no tempo da reforma, tão habituados a depender um do outro para o gasto dos dias, a alegria dos dias, e a gestão ainda de uma certa nostalgia dos filhos. ela não gostava muito que eu o pensasse, e menos ainda que o dissesse, mas era-me claro que já não mandávamos nos filhos, crescidos e independentes, fazendo isso com que parte dos nossos papéis ficassem vazios. era como morrer para determinadas coisas. restava apenas uma nostalgia, que poderia ser mais doce, se era certo que os nossos filhos estavam vivos e seguiam as suas vidas como era de ser. mas a laura queria acreditar que eles ainda acatavam o que lhes dizia. acreditava que se impressionavam com a sua sabedoria e, respeitosamente, cumpriam cada conselho e chamavam-lhe conselho para não se humilharem com a ideia de se submeterem às ordens da mãe. eu ria-me, uma e outra vez, dizendo que era a mais pura ilusão a de a laura ordenar o que quer que fosse aos nossos miúdos já grandes. se eles se iam calando, e lhe beijavam a testa à saída de uma visita a casa, era porque a viam, e a mim também, claramente, como uma tonta amorosa, cheia de defeitos nas ideias, mas amorosa, tão equivocada e falível, mas amorosa, já velhinha e sem préstimo para ser refutada ou reeducada de alguma melhor forma, mas sempre amorosa. a laura zangava-se, tomava um chá e calava-se como quem respondia à altura, exigindo o seu lugar de grande dama, sábia pela dedicação de sempre e pela generosidade e glória da idade. tornava-se engraçada. apertava os lábios numa tremura ligeira e não queria conversas. eu ia tomar chá sozinho, adorando as nossas brigas de namorados. tão imaturos quanto os mais jovens. tão feitos um para o outro quanto possível. já conhecedores do caminho das pedras que, ao fim de uma ou duas horas, nos levaria novamente ao coração um do outro com mimos e promessas de eterno amor.

o senhor silva, o da europa, olhou-me quieto. tinha parado de preencher formulários e estava como embevecido diante do meu ar sonhador. desculpe-me, senhor silva, disse-me ele a mim, é que aos oitenta e quatro anos já não é comum ouvir um marido falar assim da sua esposa. eu sei que é comum que se tornem os homens mais vulneráveis, já medricas e mijões, mas consigo é diferente, não é igual, sabe, não é. e eu respondi que entendia perfeitamente o que me dizia. ele inclinou-se para onde eu estava e acrescentou, grave e ponderado, é mais do que um bom homem, é alguém superior porque soube ganhar idade da melhor maneira, retribuindo. sim, sim, não me venha dizer outra coisa, porque uma paixão nessa idade, e depois de tanto tempo juntos, é coisa de quem sabe dar. naquele momento, o céu partindo vidros ou não, aquele homem tão chato tornou-se diferente. talvez tivesse sido por ter dito fugazmente o nome da minha laura, usando-o para me congratular por alguma heroica qualidade amorosa. e o amor é para heróis. o amor é para heróis. talvez tivesse sido apenas do adiantado da hora, já três da manhã, e daquele inferno para lá dos vidros. o homem pareceu-me assustadoramente lúcido, ao contrário de estúpido, como têm os loucos, por vezes, as mais concretas e proveitosas visões. calei-me um segundo. sorri. perguntei-lhe o que achava de nós, os silvas, quando já velhos queríamos as nossas mulheres como mães e nos arranjávamos todos espertos para, em tanta coisa, viver uma nova infância. ele arregalou os olhos, com certeza percebendo que, por fim, conseguira comigo a possibilidade de fazer um amigo. não respondeu de imediato. não respondeu de modo algum. do corredor silencioso, por onde tantas horas antes me haviam levado a laura, veio uma enfermeira calma de morte. eu nem sequer ali devia estar, mas que vantagem teria em passar a noite em algum outro lugar. que vantagem existia, na verdade, em não ter morrido também. colei o rosto ao vidro. o meu carro estava mesmamente parado, afinal o parque conseguia escoar a água com uma capacidade admirável. tudo não passara de um medo demasiado pelas coisas mais naturais da vida. e, naquele momento, a chuva nem sequer se intensificara, nem trovoava, nem coisa nenhuma maior ou mais esdrúxula que quisesse significar que me conhecia. e eu chegara o rosto ao vidro exatamente para que me levassem, para que desfizessem o meu corpo ou, ao menos, a minha consciência. a chuva, senhor silva, disse-me o outro homem, não lhe pode trazer a dona laura de volta. mas posso dizer-lhe eu que muito bela há de ser a alma de quem parte no momento em que o amado expõe o seu amor desta maneira. não entendi imediatamente o que quis dizer com aquilo. tombei no chão e, por um tempo, a consciência foi-se e eu pude ser ninguém, como as coisas deviam ser sempre nestas alturas. só depois gritei, imediatamente sem fôlego, porque aquela teoria de que existe oxigénio e usamos os pulmões e fica feito também não é cem por cento verdade. entrei em convulsões no chão e as mãos do homem e da mulher que ali me assistiam eram exatamente iguais às bocas dentadas de um bicho que me vinha devorar e que entrava por todos os lados do meu ser. fui atacado pelo horror como se o horror fosse material e ali tivesse vindo exclusivamente para mim.

capítulo
dois
a
brancura
é
um
estágio
para
a
desintegração
final

abracei o corpo da minha mulher, segurei-lhe a mão, a sua cabeça no meu ombro. criei um pequeno embalo, como para adormecê-la, ou como se faz a quem chora e queremos confortar. vai ficar tudo bem, vai correr tudo bem. o que era impossível, e o impossível não melhora, não se corrige. estávamos encostados à parede, sob o cortinado, como fazíamos na juventude para os beijos e para as partilhas tolas de enamorados. estávamos escondidos de todos, eu e a minha mulher morta que não me diria mais nada, por mais insistente que fosse o meu desespero, a minha necessidade de respirar através dos seus olhos. a minha necessidade vital de respirar através do seu sorriso. eu e a minha mulher morta que se demitia de continuar a justificar-me a vida e que, abraçando-me como podia, entregava-me tudo de uma só vez. e eu, incrível, deixava tudo de uma só vez ao cuidado nenhum do medo e recomeçava a gritar.

com a morte, também o amor devia acabar. acto contínuo, o nosso coração devia esvaziar-se de qualquer sentimento que até ali nutrira pela pessoa que deixou de existir. pensamos, existe ainda, está dentro de nós, ilusão que criamos para que se torne todavia mais humilhante a perda e para que nos abata de uma vez por todas com piedade. e não é compreensível que assim aconteça. com a morte, tudo o que respeita a quem morreu devia ser erradicado, para que aos vivos o fardo não se torne desumano. esse é o limite, a desumanidade de se perder quem não se pode perder. foi como se me dissessem, senhor silva, vamos levar-lhe os braços e as pernas, vamos levar-lhe os olhos e perderá a voz, talvez lhe deixemos os pulmões, mas teremos de levar o coração, e lamentamos muito, mas não lhe será permitida qualquer felicidade de agora em diante. caí sobre a cama e julguei que fui caindo por horas, rostos e mais rostos colocando-se diante de mim, e eu por ali abaixo, caindo, sem saber de nada. quando, por fim, me levantei, estava a anos-luz do homem que reconheceria, e aprender a sobreviver aos dias foi como aceitar morrer devagar, violentamente devagar, à revelia de tudo quanto me pareceria menos cruel.

e a natureza, se do meu coração não se esvaziou o amor pela laura, estaria numa aniquilação imediata para mim também, poupando-me à miséria de ver o sol que arde sem respeito por qualquer tragédia.
fica-se muito zangado como pessoa. não se criem dúvidas acerca disso. fica-se zangado e deseja-se aos outros pouco bem, e o mal que lhes pode acontecer é-nos indiferente ou, mais sinceramente, até nos reconforta, isso sim, como um abraço de embalo, para que não se ponham por aí a arder como o sol e, sobretudo, não nos falem com uma alegriazinha ingénua, de tempo contado, e nos façam perceber o quanto éramos também ingénuos e nunca nos preparáramos para a derrocada de todas as coisas. nunca nos preparamos para a realidade. passamos a ser cidadãos terrivelmente antipáticos, mesmo que façamos uma gestão inteligente desse desprezo que alimentamos crescendo. e só não nos tornamos perigosos porque envelhecer é tornarmo-nos vulneráveis e nada valentes, pelo que enlouquecemos um bocado e somos só como feras muito grandes sem ossos, metidas dentro de sacos de pele imprestáveis que já não servem para nos impor verticalidade nem nas mais pequenas batalhas. como faria falta ferrarmos toda a gente e vingarmo-nos do mundo por manter as primaveras e a subitamente estúpida variedade das espécies e as manifestações do mar e a expectativa do calor e a extensão dos campos e as putas das flores e das arvorezinhas cheias de passarinhos cantantes aos quais devíamos torcer o pescoço para nunca mais interferirem com as nossas feridas profundas. que se fodam. que se fodam os discursos de falsa preocupação dessa gente que sorri diante de nós mas que pensa que é assim mesmo, afinal, estamos velhos e temos de morrer, um primeiro e o outro depois e está tudo muito bem. sorriem, umas palmadinhas nas costas, devagar que é velhinho, e depois vão-se embora para casa a esquecerem as coisas mais aborrecidas dos dias. onde ficamos nós, os velhinhos, uma gelatina de carne a amargar como para lá dos prazos. que ódio tão profundo nos nasce. como incrível-

mente nos nasce alguma coisa num tempo que já supúnhamos tão estéril.

a laura morreu, pegaram em mim e puseram-me no lar com dois sacos de roupa e um álbum de fotografias. foi o que fizeram. depois, nessa mesma tarde, levaram o álbum porque achavam que ia servir apenas para que eu cultivasse a dor de perder a minha mulher. depois, ainda nessa mesma tarde, trouxeram uma imagem da nossa senhora de fátima e disseram que, com o tempo, eu haveria de ganhar um credo religioso, aprenderia a rezar e salvaria assim a minha alma. e um médico respondeu, a verdade é que ficam mais calmos. achei que era esperado de mim um desespero motor. digo motor para dizer de ação. algo como quebrar coisas, revirar os móveis, agredir fisicamente os funcionários, os enfermeiros que me poderiam prender. o quarto pequeno é todo ele uma cela, a janela não abre e, se o vidro se partir, as grades de ferro antigas seguram as pessoas do lado de dentro do edifício. pus-me a olhar para o chão, com ar de entregue. estou entregue, pensei. aos meus pés os dois sacos de roupa e uma enfermeira dizendo coisas simples, convencida de que a idade mental de um idoso é, de facto, igual à de uma criança. o choque de se ser assim tratado é tremendo e, numa primeira fase, fica-se sem reacção. se aquela enfermeira pudesse acabar com aquele sorriso, ao menos acabar com aquele sorriso, seria mais fácil para mim entender que os meus sentimentos valiam algo e que sofrer pela laura não vinha de uma lonjura alienígena, não era uma estupidez e, menos ainda, vinha de um crime para clausura e tudo. e ela sorria e eu poderia desejar-lhe, com tanto desprezo, o pior mal do mundo. que lhe arrancassem os braços e as pernas, pensava eu, tirem-lhe os olhos e façam-na perder a voz e chamem-lhe cabra porque é o que ela merece. senhor silva, com esta mantinha vai ficar quentinho à noite. ainda aqui vai ter muitos sonhos bonitos, vai ver.

    fiquei um pouco quieto. perguntaram-me se eu queria imediatamente arrumar as roupas nos cabides diante de mim, eu acenei negativamente com a cabeça. deixaram-me à vontade. disseram que era bom que me dessem uns minutos para sentir o quarto, ganhar corpo naquele espaço, ir à janela e perceber que a vista não é grande mas existe um jardim, uma pequena praça e, como era verão a começar, algumas pessoas paravam por ali e havia ainda os tais pássaros e até as criancinhas podiam brincar com as suas bicicletas nas imediações. os quartos da ala esquerda deitam sobre o cemitério. o médico olhava para o chão e fazia ar de quem não via nisso mal algum. e voltava a dizer, deitam sobre o cemitério, é verdade, mas são ocupados pelos nossos utentes que, infelizmente, já não se podem levantar. eu levantei-me, fui perceber que jardim era esse onde as crianças, as milagrosas crianças, poderiam brincar. e tive a certeza de que, mais tarde, quando o corpo me traísse por completo, haveria de estar acamado e mudado para um daqueles quartos com vista para o cemitério, que era o caminho. ficaria deitado dia e noite, a ver pela janela que o céu clareava e escurecia sobre a terra abrindo já as mandíbulas que me haveriam de tragar.

depois, lá retirei as roupas dos sacos e as fui pendurando como me apeteceu. os gestos mecânicos, sem energia alguma, faziam aparecer as camisas alinhadas umas atrás das outras no armário e alguém, de quando em quando, espreitava pela porta para achar que eu estava a portar-me muito bem. a elisa ainda estaria no lar, talvez a reconfortar-se com o médico pela decisão difícil de deixar ali o pai, e eu sabia que voltaria para se despedir, com um beijo em tudo traidor, e seguiria com a sua vida chorando na viagem de regresso a casa. eu tinha já toda a roupa pendurada num arrumo impecável quando ela entrou. houve um descanso no seu medo ao ver-me sossegado como pude naquela brancura do quarto. entrou, beijou-me a face e disse-me que ali eu ficaria bem. vai gostar de aqui estar, com novos amigos, pessoas que lhe farão companhia todo o dia. eu quis que ela pensasse que assim seria tudo melhor, segundo o seu desejo, porque por uma filha nos falta o ódio como deve ser. aceitei o beijo e senti-a afastar-se metro a metro, como se entre o seu e o meu corpo existisse um cordão que rebentaria quando esticado de mais. senti-a deixar-me ali, correndo para os braços do seu marido e dos meus netos, onde a vida era feita das coisas de sempre. e com cores nas paredes, pensava eu. no lar, por todo o lar, as paredes são brancas e entre o vazio mais intenso do céu e a candura das paredes não há diferença. sentimo-nos cegos. qualquer mancha ou imperfeição na planura do estuque já é uma exceção que aprendemos a observar e nos ajuda a quebrar o mesmismo abundante em nosso redor. um dia, havemos de esboroar-nos na luz. esta brancura é um estágio para a desintegração final.

 disseram-me que o jantar seria dali a três horas e que, até lá, poderia descansar ou descer para conhecer os colegas que, como eu, caminhavam para o pó com maior ou menor ansiedade. decidi ficar sozinho, incapaz ainda de enfrentar o meu problema multiplicado por todos os lados. deitei-me sobre a colcha e julguei que talvez devesse exteriorizar a raiva que aumentava dentro de mim. aquele desespero motor, como dizia, absolutamente físico, talvez devesse dominar-me de uma vez por todas para mostrar que a idade ainda não me tirara o sangue. fui comprimindo as mãos numa ínfima força que não serviria para grande estrago se aplicada de encontro aos outros ou às coisas, era só como se por ali ligasse e desligasse um interruptor para a iniciativa. fui ficando. o silêncio profundo era entorpecedor, como se nos adormecesse. não estaria particularmente ensonado, mas o higiénico do ambiente coloca-nos atrás de uma tela e ficamos com a sensação de nos preservarmos apenas assistindo gravemente ao tempo. nesta brancura, pensei, só o tempo acontece, só o tempo passa. olhei para a figura da nossa senhora de fátima e falei mudo, tenho pena de ti, metida à cabeceira dos tristes nos lugares mais tristes de todos e agora vens assistir-me, eu que nada tenho para te mostrar que valha o empenho de manteres incessantemente esses olhos azuis abertos, essas mãos postas no ar. talvez devesse despedaçar aquela estatueta. libertá-la da obrigação de estar ali com solenidades sagradas que, sem dúvida, cansariam o melhor dos espíritos. talvez devesse lembrá-los de que não sou um homem religioso e que a perda não me fez acreditar em fantasias.

desci para jantar porque me foram buscar. não me esqueceria, mas subitamente perdi qualquer ímpeto e não faria nada se não fosse obrigado ao contrário. quis descer pelas escadas largas, não estava ainda inválido para coisa nenhuma e seria um orgulho parvo mostrar-lhes isso, mas era importante que o soubessem. talvez pudesse ser modo de dizer que os meus filhos se haviam antecipado no tempo de me arquivarem àqueles cuidados. talvez fosse só o medo de ver os outros, já mais velhos e acabados do que eu, e não querer imediatamente fazer parte daquilo. estou de visita, poderia pensar, mesmo que não tivesse esperança alguma de voltar a sair de tal lugar.

quando o doutor bernardo me viu instigou alguns hóspedes a aplaudirem a minha chegada. fui assim recebido ainda não estava nos últimos degraus da escada. quem pôde, levantou-se e sorriu. não soube como agradecer e se era de agradecer tal coisa. entrava daquele modo no ciclo dos últimos, ali regozijando por saberem que não estavam sozinhos e que alguém mais sofria o mesmo. inclinei a cabeça e não olhei demasiado. segui para o salão das refeições e procurei na mesa mais escondida um lugar para me sentar com toda a rapidez possível. alguns não deixaram que assim fosse sem mais nada. foram ao pé de mim procurando-me a mão e cumprimentando-me. como a refeição já se servia, eram mandados para os seus lugares sem tempo para descortinarem sobre as suas vidas, apresentando-se muito brevemente e até arreliados pela falta de autorização para continuarem. fiquei sentado com o doutor bernardo, posto diante de mim como um anjinho lavado acenando-me com nuvens de algodão-doce e pássaros a espanar o vento. e eu sorri. senti-me um idiota por dentro, mas sorri. era da cultura, o estupor da cultura que nos mascara cada gesto.

naquele tempo, sem braços e sem pernas, sem olhos e perdendo a voz, absolutamente sem coração, eu não comunicava. era notório que entendia o que me diziam e poderia corresponder a alguns chamados com atenção e respeito, mas não se começavam grandes conversas porque eu não proferia palavra alguma. tinha a voz afundada no húmido dos órgãos e não havia modo de a secar ao cimo do hálito. no entanto, o que o senhor pereira me disse naquela primeira noite foi decisivo para o modo como vejo o lar até hoje. acercou-se de mim, soletrou o seu nome e deu-me as boas-vindas. depois apercebeu-se de que eu não verbalizava coisa alguma e entendeu. acrescentou que, por vezes, entravam uns assim. não queriam amizades mas, com o tempo, começavam a falar e a criar afeto pelos outros. depois, pela crueldade do meu silêncio, disse-me, nem deveríamos ficar contentes com a sua vinda, porque é o definitivo da morte da dona lurdes, que era uma boa senhora.

o lar não suporta mais do que noventa e três pessoas, e, para que uma entre, outra tem de sair. a saída é dolorosa mas rápida. rodam-se alguns velhos pelos quartos fora. eventualmente um que esteja acamado vai para a ala esquerda, já muito vizinho dos mortos, e outro entrará de novo no quarto vago com vista para o jardim. é frequente que os que sobrevivem chorem diante das portas dos quartos, sabendo que no interior já não estão os anteriores inquilinos. é frequente que, nas primeiras semanas, alguém rejeite o novo residente, como se a urgência de este entrar operasse no cosmos uma pressa em tirar a vida ao outro, e é como se isso fosse culpável. eu era a prova da morte da dona lurdes que, na noite de são joão, morreu de susto com os foguetes da festa gritando, acudam, estão a deitar abaixo o portão da casa. os foliões do são joão correram pelo monte, para um lado e para o outro, e o lar ficava ali, bem ao centro da romaria, com os velhos a passarem palavra, a dona lurdinhas morreu, a enfermeira disse ao américo que a dona lurdinhas morreu, mas não nos deixam ir lá acima. os velhos juntaram-se aos poucos no salão e olhavam para as varandas interiores a toda a volta onde se dispunham as séries de portas e perguntavam-se se seria verdade que, por causa do estrondo louco dos foguetes, a dona lurdes se havia apavorado e não resistira. que morte de festa. que morte estúpida tivera a pobre da dona lurdes que eu substituí, a pensar que eram coisas do demónio os foguetes e a implodir de medo, que era também uma ansiedade muito grande por conhecer, enfim, como se morre.

eu era um intruso ainda no luto que faziam à pressa para se atemparem para os lutos que se seguiriam. era um intruso que não choraria pela dona lurdes, que não conheci, e não entendia ainda o quanto a minha posição podia ser arrogante, sem querer falar, sem querer grandes contactos, e o quanto a posição deles era já a de iguais, ligados uns aos outros pelos destinos tão inevitáveis e equiparados que agora cumpriam. que paisagem de velhos tão nítida era aquela. pouco importava que o orgulho lhes trouxesse ao de cima o passado profissional, mais ou menos brilhante, mais verdadeiro ou mentiroso, porque muitos mentem sem pudor para não se deixarem humilhar, pouco importava tudo isso porque tão na extremidade da vida eram todos a mesma coisa, um conjunto de abandonados a descontar pó ao invés de areia na ampulheta do pouco tempo.

na primeira noite ali, muito maior o silêncio do que alguma vez experimentara na minha vida, não adormeci facilmente. voltei a comprimir as mãos, como a ligar e a desligar o maldito interruptor que haveria de me pôr de pé a partir todas as coisas ou haveria de me acalmar e adormecer. e eu julgava que seria o momento mais insuportável, aquele, ali numa cama de corpo e meio, tão absoluta a diferença de como dormira até quatro meses antes. e eu julgava que seria o momento mais insuportável, aquele, sem a laura para me dizer, este hotel está bem, a casa de banho é limpa e estamos muito perto da praia. o sol faz-te bem, antónio, ficarás melhor para enfrentar o inverno. era quase meia-noite, o sol já parara de me humilhar e eu ouvia aquelas palavras e pensava, estou perto da praia, a água aqui é tão fria, mas gostaria de mergulhar, entrar pelo mar adentro como se pela boca de um tubarão que me levasse de um trago de volta aos verões de sempre. porque o tempo me escapara e não o poderia admitir pacificamente. levantei a mão com toda a raiva e atirei ao chão o pequeno candeeiro pousado na mesinha ao meu lado. o estrondo não trouxe ninguém. algumas vozes dos quartos ao lado resmungaram qualquer coisa, mas não seria nada, pois àquela hora da noite era obrigatório dormir e qualquer arrufo de mau feitio esperava pelas sete da manhã para ser repreendido.

o bom américo veio acordar-me para me encontrar já acordado e desculpou-me sem sermão a queda do candeeiro. entrou muito cuidadoso, abriu as portadas e deixou que a luz já abundante viesse destapar-me da noite. foi dizendo coisas simpáticas, que eu quis ignorar nos primeiros minutos. depois percebi uma delicadeza muito rara naquele jovem homem. uma sensibilidade tão grande que, mesmo não me conhecendo, podia resultar num carinho genuíno. eu sentei-me na cama e ele não esperou que eu respondesse à sua conversa. estaria avisado do meu mutismo casmurro e fez um monólogo imaginativo em que eu parecia responder-lhe, mas sem me diminuir à condição de débil mental ou ao tonto dos meus netos. dizia que era tempo para pôr tudo a mexer, que ali se faziam muitas coisas porque na utilidade estava a comunidade.

o américo não é habilitado por escola nenhuma senão pela do coração. estudou pela amizade e compaixão os modos de acudir aos outros. faz no lar o que fazem os enfermeiros também, mas com um acréscimo de entrega que não se exigiria. naquele primeiro contacto fiquei imediatamente convencido de que não poderia ser impostor com ele. com ele não. era muito simples a razão da minha decisão. na entrega daquele homem, logo ali, havia uma sublimação evidente que partiria de uma dor estrutural. procurei-lhe a expressão diversas vezes, percebi os seus olhos e tive a certeza de que, num momento mais avançado, aquele homem sofreria por mim. trazia na cara um sorriso que nada tinha de ingénuo e não me ofenderia nunca.

pus-me de pé e imediatamente comecei a obviar tudo para

que pudesse descer para o pequeno almoço já banhado e bem-vestido. as portas dos outros quartos começaram a abrir-se e todos apareceram espreguiçando-se e bocejando ainda a caminho dos elevadores que nos descem aos salões do rés do chão. eu escolhi novamente as escadas e não diria nada. de boca calada punha-me a jeito de não ser tão notado. queria que fizessem de conta que não estava ali, não pertencia ali. era só um ponto escuro nas paredes que haveria de ser limpo com a lixívia de uma qualquer limpeza.

capítulo
três
o
amor
é
uma
estupidez
intermitente
mas
universal

um problema com o ser-se velho é o de julgarem que ainda devemos aprender coisas quando, na verdade, estamos a desaprendê-las, e faz todo o sentido que assim seja para que nos afundemos inconscientemente na iminência do desaparecimento. a inconsciência apaga as dores, claro, e apaga as alegrias, mas já não são muitas as alegrias e no resultado da conta é bem-visto que a cabeça dos velhos se destitua da razão para que, tão de frente à morte, não entremos em pânico. a repreensão contínua passa por essa esperança imbecil de que amanhã estejamos mais espertos quando, pelas leis mais definidoras da vida, devemos só perder capacidades. a esperança que se deposita na criança tem de ser inversa à que se nos dirige. e quando eu fico bloqueado, tão irritado com isso sem dúvida, não é por estar imaturo e esperar vir a ser melhor, é por estar maduro de mais e ir como que apodrecendo, igual aos frutos. nós sabemos que erramos e sabemos que, na distração cada vez maior, na perda de reflexos e de agilidade mental, fazemos coisas sem saber e não as fazemos por estupidez. fazemos por descoordenação entre o que está certo e o que nos parece certo e até sabemos que isso de certo ou errado é muito relativo. é tudo mais forte do que nós.

    foi ao fim de seis dias que disse a primeira palavra no lar, quando o senhor pereira estava ao pé do varandim inclinado para o salão e espreitava à procura do américo. o senhor pereira inclinou-se absurdamente, galgando com o corpo a barreira e observando o extenso compartimento, preocupado apenas com aquele objetivo tão definido. ao sair do meu quarto percebi-o avançado em perigo pelo espaço vazio, quase tombando por ali abaixo, um andar inteiro. apressei os passos até assomar ao seu pé e gritei, cuidado. com o susto da minha voz ele endireitou-se para saber quem chamava assim a atenção de quem. olhou-me e sorriu. achou que seis dias eram mais do que suficientes para que eu acabasse com o meu amuo. chegou perto e voltou a cumprimentar-me, como se novamente nos apresentássemos, e congratulou-se com o fim da minha birra. foi pouco tempo, senhor silva, disse-me ele, eu estive quase três meses de bico calado, mas foi porque os meus filhos se portaram como uns estupores e só quiseram pôr a mão no meu dinheiro, que ainda por cima não abundava. pensei que estaria aqui a infernizar toda a gente até que me expulsassem, mas, quer ouvir, são profissionais e sabem que chegamos quase todos assim. eu não sorriria ainda. estava demasiado zangado para fazê-lo, e só abrira a boca porque me parecera que ele se matava por distração. não lho disse, e ele não se sentiu assustado. desceu comigo as escadas e encontrámos o américo no pátio das traseiras, a contar a alguns velhos histórias engraçadas sobre gente que ele inventava. sentámo-nos também. o senhor pereira disse, o nosso amigo silva já fala, é mais inteligente do que eu. o américo interrompeu por uns segundos o seu discurso e sorriu muito cândido. podia ter-me pedido para dizer algo como se faz a um papagaio que subitamente sabemos ter artes. mas não o fez. acreditou que, por vontade própria, a minha voz se faria escutar num momento mais pertinente. admirei a sua atitude, o controle que impôs sobre a sua e a curiosidade dos outros. depois, assim que pareceu acabar as histórias, apreciámos todos o sol ameno da manhã e eu disse, obrigado pela ajuda com os sapatos, não entendi como foram parar àquele lugar debaixo da cama. a dona marta deu um salto na sua cadeira e soltou um risinho divertido sem dizer mais nada. os outros trocaram olhares e sorriram também. o américo respondeu, de nada, senhor silva, estamos aqui para isso. suportei os seus olhares complacentes. odiei-me. era diferente de os odiar a todos. odiei-me e não estava preparado para ser tão fraco, anuindo como uma pessoa de confiança, como alguém sem um plano de ataque, como quem desistira. e não era isso. não podia ser isso. estava só confuso, pensei então. era uma confusão. um impasse. como um caminho bifurcando-se antes do objetivo e eu na contingência de reiterar os meus intentos. ser implacável. continuar.

    ao sétimo dia, o doutor bernardo pediu-me que passasse pelo seu consultório e perguntou-me como me sentia.

disse-lhe que estava bem, que o lar correspondia a um grau de qualidade admirável e que eu estava bem. ele informou-me de que a elisa, o meu genro e os meus dois netos viriam visitar-me e quis saber se isso não me seria difícil. achei muito estranho que mo perguntasse. esperaria que nos primeiros tempos de uma experiência assim toda a proximidade da família com o idoso seria benéfica. contudo, encontrava-me ali na obrigação de lhe dizer que sim ou que não, e pensei o suficiente para trazer ao de cima o pior de mim. disse que não. que não estaria disposto a receber a minha família porque precisava de tempo para esquecer a perda da laura e a necessidade de deixar a minha casa, não queria sentir que tudo prosseguia sem mim. ainda não. o doutor bernardo percebeu as tremuras nas minhas mãos, um nervosismo que se começava a descontrolar e respondeu, claro, senhor silva, não se preocupe. é compreensível. está a libertar-se de muita coisa e precisa de tempo, é perfeitamente normal. eu estava a libertar-me de tudo. tinha dois sacos de roupa e uma nossa senhora de fátima miserável e mais nada. estava livre de tudo, como era óbvio.

 eu queria que a elisa e o meu genro se sentissem rejeitados como eu me sentia, claramente. se alguma memória má me traziam as suas presenças, era só a lamentável ideia de se terem empenhado, com fortunas e subornos, para que eu, num espaço de tempo recorde, fosse já um alívio nas suas vidas, atarefadas com o social mais volátil e oportunista. corri, no entanto, para a minha janela e disfarcei-me como pude atrás das portadas para vê-los em redor do carro à espera de ordens para uma ou outra coisa. eu disse ao doutor bernardo que estava num profundo choque e ele confirmou. vai ter de soltar a sua raiva, senhor silva, estamos aqui para ajudá-lo. a elisa deve ter ouvido tal desculpa e levou a mão à cara num gesto de alguma dor. vi-os partir. sentei-me numa cadeira pensando que talvez me quisessem visitar na semana seguinte, mais sete dias decorridos, e que talvez eu não resistisse mais sete dias sem os ver ou sem chorar.

estar para ali metido, naqueles primeiros tempos, era literalmente como se me quisessem matar e não tivessem coragem para optar por um método mais rápido. um método mais rápido que seria seguramente uma maior honestidade, pensava eu. punham-me aqui e deixavam que me finasse segundo a segundo longe dos seus olhos. e eu nem entendia como não haveria de parar o coração só à força daquela tristeza, porque vivia dentro de um lugar imaginário onde pedia para morrer a qualquer bulício em meu redor. não tenho convicções na transcendência, e não foi a imagem da nossa senhora de fátima que me convenceu do contrário, como também não me convenceria de que morrendo iria parar aos braços da laura outra vez, a continuar eternamente a relação que tivemos durante quarenta e oito anos. morrer seria só a justiça de não me tornar uma imagem pálida do que fora. seria como corresponder a um padrão de vida emocional que não era justo que perdesse.

naqueles primeiros tempos eu não me acalmava com coisa alguma. ficava maligno por dentro a embater contra as paredes do meu cérebro. algo me impedia de reagir, uma qualquer educação, a memória da elegância da laura, o delicado toque da sua mão no meu cabelo como a dizer-me, antónio, tem calma, isto vai resolver-se. mas contra mim, interiormente, investia impiedosamente, como se lá dentro houvesse um precipício e eu me empurrasse exaustivamente à espera de poder tombar pelo seu esquecimento abaixo. e se fosse possível que me matasse só assim, pensava eu, aqui sentado entre velhos a perderem o juízo e sem sinal de alarme. seria decente que cada um de nós tivesse um dispositivo de expiração instantânea que nos pudesse anular para sempre da existência sem retorno nem remorso. eu segurava a mão do américo, na verdade, e ele deixava-se comigo um segundo mais e era como eu achava que as minhas forças se esgotavam. segurava na mão dele e era ínfimo o gesto mas tremenda a energia, julgava eu que suficiente para, pela raiva tão grande, punir o imbecil do meu coração que permanecia batendo à revelia dos meus mais dilacerantes sentimentos. o américo depois largava-me a mão e dizia, não se preocupe, senhor silva, vai ficar bem. e eu aquietava-me e cansava-me que todos me dissessem tal coisa e eu quisesse urgentemente outra. não me digas isso rapaz, fala-me na morte, no fim de todas as horas, conta-me o que sabes sobre como sair daqui, sobre quem já foi, quem conseguiu descobrir como salvar-se de sofrer. fala-me dessas coisas, por piedade, rapaz, não me cures, não me digas que vou estar aqui amanhã, não quero estar em lugar nenhum amanhã, não entendes isso. e ele respondia-me, não chore assim, senhor silva, assusta-me. e eu chorava, tão transparente quanto aflito, e pedia-lhe que tivesse a piedade de me manter sentado, porque às vezes sentia que me levantaria num repente e, em pânico, magoaria quem me viesse à frente.

    durante os meus pesadelos imaginava-me num dos quartos da ala esquerda a babar sobre os lençóis e a ver dezenas de abutres voarem no céu diante da janela. a máscara de oxigénio tapava-me a boca e eu não podia gritar. queria pedir que fechassem as portadas antes que os pássaros entrassem e me tomassem por morto. subitamente debicavam-me o corpo e eu ia permanecendo vivo e, até não ter corpo nenhum, a consciência não me abandonava. eu agoniava por achar que a morte não dependia do corpo, condenando-me a padecer daquela espera para todo o sempre. o estupor do corpo já desfeito e a morte sem o perceber, sem fazer o que lhe competia por uma crueldade perversa que eu nunca previra.

    durante essas noites eu acordava várias vezes à procura de entender onde estava e sentia o peito para me assegurar de que continuava inteiro. o estranho não era que o pesadelo me acordasse aterrorizado, era que acendendo o pequeno candeeiro a luz deitava-se sobre o quarto como um clarão intruso. era uma luz imprecisa que parecia necessitar de forçar o espaço a ser iluminado. numa das noites, no instante em que a luz se espalhou pelo quarto, tive a clara visão de as portadas estarem abertas e haver pássaros lá fora. vi os pássaros negros num segundo e, no segundo seguinte, as portadas já estavam fechadas não sendo possível observar o céu escuro da noite. fiz força para me levantar, mas a lentidão com que então já o fazia não me daria retorno de coisa alguma. a imagem havia desaparecido de diante dos meus olhos e não seria o levantar-me e colocar as mãos na madeira das portadas que me levaria atrás no tempo para reviver e compreender a experiência. fiquei de olhar vago à espera que o medo me deixasse respirar melhor. adormeceria depois, exausto e sem me aperceber do momento em que sucumbia.

o américo entrava, eu dizia-lhe bom dia e ele retribuía com as palavras simpáticas de sempre e, mais uma vez, mostrava-me a claridade exterior. e eu perguntava, essas portadas estavam bem fechadas, não estavam. e ele dizia, como sempre, senhor silva. sentiu alguma corrente de ar, estas janelas não abrem. eu respondia que não. não era isso. é o quê, perguntou ele. nada. tive a impressão de que ficaram apenas encostadas, as portadas, digo. mas não me fez diferença. foi só uma impressão. o que era mentira. uma horrível mentira para me deixar mais sozinho com os meus medos e alucinações crescentes.

era quarta-feira e passava o carteiro a trazer correspondência que se distribuía pelos destinatários com alguma ansiedade. a primeira vez que vi a dona marta à espera de uma carta que nunca chegaria foi no dia em que julguei ouvir chamarem o meu nome. entristeceram-se por mim porque acharam que eu revelara uma necessidade em saber notícias dos meus filhos que, afinal, não me procuravam. não foi o caso. foi porque ouvi o meu nome e dei uns passos em frente e só então compreendi que me confundira. com aquilo, apercebi-me da expressão ávida da dona marta, parada diante do américo como se aguardasse por uma refeição pela qual esfaimasse. os outros velhos afastavam-se dela e alguns abanavam a cabeça com algum pesar. mas já ninguém lhe dizia nada. deixavam-na ficar até que a última carta fosse entregue e o dissesse, dona marta, não tenho mais nada, vamos todos descansar um pouco, venha comigo.

e ela saiu de debaixo do braço dele sem também proferir palavra, apenas magoada por não saber do marido havia mais de dois anos. sentei-me com o senhor pereira e ele explicou-me que a dona marta era casada com um homem doze anos mais novo e que a ida dela para o lar abriria caminho para que ele lhe tomasse a administração dos bens e os gozasse sem se preocupar com voltar. ela ficava ali perante o américo como ainda uma noiva. a cometer o erro de acreditar no marido uma e outra vez. porque acreditava, mesmo ao fim de dois anos sem uma linha, que ele voltaria com uma desculpa de mérito, ainda precisando do carinho dela e feliz pelo reencontro. assim é o amor, uma estupidez intermitente mas universal. toca a todos. o senhor pereira entristecia-se e eu ficava egoísta achando que a minha desgraça era bem maior. descansávamos no pátio e eu adormecia para compensar as noites maldormidas tão dentadas pelos pesadelos.

eram três da manhã e os abutres já haviam disseminado o meu corpo pelos seus estômagos azedos. acendi o candeeiro e limpei o suor da minha cabeça. acedi ao corredor e não hesitei. no quarto dezasseis dormia a dona marta, a mesma de sempre, magoada e triste, velha e um pouco histérica para suportar o abandono e a morte. não queria assustá-la. eram três da manhã, isso é importante não esquecer, e eu já não tinha corpo porque os abutres mo haviam comido e estava no corredor sabendo perfeitamente qual o quarto da mulher. abri a porta e sentei-me ao seu lado, apenas a luz de presença que vinha lá de fora me fazia notar o alto sob as mantas onde a respiração pesada da dona marta se escutava. não devia estar ali, tão tarde e assustadoramente sem motivo, mas eu achava que seria menos que uma pluma, sem corpo, sem nada senão uma urgência qualquer. eu achava que o vazio de pensamento, aquela ilusão, acabaria por explicar-se, como se o tempo de um impasse, só por si, levasse ao seu desenlace. um impasse não pode durar a vida inteira, talvez pensasse. alguma coisa teria o efeito de aclarar o meu gesto, justificando-o, tornando-o normal, aceitável. foi como ela me pressentiu e, no quase ressonar contínuo, abriu uma pausa para me fitar. eram brilhantes aqueles olhos apavorados no escuro, definindo perfeitamente as minhas feições e reconhecendo-me. eu podia não ter dito nada e simplesmente ter voltado ao meu quarto. eu devia ter voltado ao meu quarto sem qualquer tentativa de me explicar, porque estava sem corpo e não havia explicação nenhuma para aquilo, mas não me deu tempo para lhe falar dos abutres. já estava eu levantado a dar um passo em direcção à dona marta, um passo mais cerca da sua cabeça, quando ela se descobriu um palmo e disse, sai daqui demónio. e eu respondi-lhe, vinha falar-lhe do amor. ela soltou um guincho abafado. um som aflito que entrou para debaixo das mantas com que escondeu o rosto e desatou a dizer algo que eu não podia entender. estava a perder o sentido e a entrar em pânico. afundava-se como podia nos cobertores e ia pedindo socorro quase mudamente mas aumentando de intensidade. eu tinha de fazer alguma coisa. repetia aquele apelo louco, venho falar-lhe do amor, preciso de lhe falar do amor, da minha mulher, de como fiquei sozinho e me quero ir embora. e ela gemia sempre, gritando sob os cobertores coisas abafadas que ficavam em surdina e serviam para me deixar confuso e com medo. parecia que o impasse se adensava pelo lado mais impossível de resolver. como se viesse a ser mais complexo, mais exigente para com a minha dificuldade em pensar, em estar certo de que existia justiça naquele meu desespero de a procurar e querer trazer do silêncio uma pacificação. e sem saber o que fazer, fiz o pior. bati-lhe três vezes com a mão através dos cobertores. três pancadas fortes que se amortece-ram na espessura das roupas da cama, e que foram suficientes para que ela ficasse imóvel. petrificada com a agressão. o silêncio foi profundo de seguida, como casmurra-mente recusando-se a permitir um diálogo satisfatório. o silêncio tombou sobre nós como pedra sepultando para sempre a oportunidade de nos entendermos. não havia ninguém acordado, não estava ninguém no corredor nem na parte visível do salão lá embaixo. não comecei logo a perder o fôlego. regressei ao meu quarto, sentei-me na cama e aí os pulmões começaram a disparar como se fossem de navio a afundar e eu pensava no ar, nas nuvens, pensava em cair de sobre as nuvens como vomitado aos milhares pelos pássaros negros que me haviam enganado. os pulmões afundavam, como um navio partindo para um labirinto. e eu afogarei, pensei eu, afogarei pelo amor, pelo amor, neste labirinto. de manhã, o américo veio abrir as portadas e mostrava-se de semblante carregado. disse-lhe bom dia, desentorpeci as pernas, procurei as horas no relógio sobre a mesinha. ele calava-se mais do que era costume. perguntei se alguma coisa estava errada. disse-me que a dona marta tinha passado mal a noite. estendi novamente as pernas. senti o fresco dos lençóis nos meus pés grandes e não me lembrei, nem mesmo vagamente, de me ter levantado às três da manhã. naquele momento, cheguei a dizer, pobre coitada, se tivesse pedido ajuda eu teria ouvido. dormi muito mal e até acordei várias vezes. o américo sorriu e respondeu que o doutor bernardo já a tinha levado para o hospital. não podíamos fazer mais do que esperar para saber o que se passara. no salão dizia-se que tivera um ataque de coração pequenino. era o que diziam uns aos outros, como se o coração fosse pequenino e tivesse por ali guardado um maior, um grande que não estivesse a usar por algum motivo. e eu, ingenuamente, voltava a perguntar, mas isto já lhe aconteceu antes ou foi a primeira vez.

capítulo
quatro
**um
ataque
de
qualquer
coisa**

a partir de então, a dona marta perdeu o medo a todas as coisas e regrediu até nada. quando me viu não teve qualquer reacção. ficava exatamente igual a olhar para qualquer um de nós como a olhar para uma parede que estivesse a dez centímetros do seu nariz. eu havia falado com o américo acusando uma certa compaixão pela mulher, mas tinha sido eloquência tola, nada mais. que me importariam as dores de uma velha tonta à espera de quem não vem. olhei para ela e desprezei-a como prova de que no mundo alastrava a morte da laura, como uma infecção que, a um dado momento, teria o engenho de me abater e de abater todos, para minha glória, para minha grande glória. a dona marta parava inexpressiva no lugar onde o américo a punha e eu congratulava-me miudamente pelo doce da sua desgraça. passava pela mulher uma e outra vez e achava orgulhosamente que o seu mal era muito menor do que o meu. precisava de repensar sempre os meus sentimentos para que se mantivessem afinados com a minha dor e com a aceleração que pretendia do tempo. para que se precipitasse. para que nos precipitasse.

    subitamente, dois dias depois, o carteiro voltou e a sua bicicleta encostou-se no lugar de sempre, tudo como de costume. vinha ele até ao átrio do lar que podemos avistar do salão. assim que tal aconteceu, a dona marta levantou-se e pôs-se no sítio de sempre à espera que o américo viesse fazer a distribuição. a dona marta levantou-se por seu pé e vontade e eu vi-me sem corpo, às três da manhã, a esmurrá-la até que se calasse. fiquei tombado no grande sofá. observei aquela mulher de longe e ocorreu-me que o seu estado mental era um susto criado pela minha atrapalhada forma de falar de amor.

    e todos se espantaram ao verem a dona marta tomar uma iniciativa e se esperançaram de que ela fizesse melhoras e voltasse até a falar. achavam genericamente que as suas risadas faziam falta ao lar e uma alma assim romântica não se podia perder. eu quis que o romantismo fosse uma coisa feita de merda e saísse do cu de algum bicho estúpido e enraiveci. apenas uma fração de segundo. calei-me de imediato, não fossem os velhos desconfiarem da minha culpa. passados vinte e três dias, a elisa e o meu genro vieram visitar-me. traziam os meus netos, o miúdo e a miúda, e eu senti que já não poderia adiar mais o encontro. assim que entraram no meu exíguo quarto, as portadas abertas para mostrarem que vivemos em profunda claridade, fizeram fila no correr do roupeiro e permaneceram esticados como para revista de tropas. verifiquei que estavam de gala, todos adomingados para me verem e eu imaginava bem a elisa a dar ordens precisas sobre isso. quero-vos arranjados porque vamos ver o avô. e eu senti-me um idiota por ter julgado algum dia que as suas visitas iam ser constantes, coisa do quotidiano, para que eu acreditasse ainda na união da família. que idiota fui, de facto, assumindo ali diante deles que se punham embonecados no disparate de acharem que assim devia ser para irem ver quem outrora viam todos os dias. era como transformarem-me num passeio aborrecido, igual a meterem-se no obsoleto jardim zoológico e obedientemente não alimentarem os animais, porque lhes estragariam a dieta e os ajudariam a adoecer. a elisa disse que ficara triste por eu não os ter recebido em duas visitas anteriores. resmunguei qualquer coisa que não se percebeu. queria até inventar que fora por ter adormecido ou por me ocupar com alguma tarefa que mo tivesse impedido. mas eram todas desculpas idiotas. estávamos ali completamente desocupados e a visita de alguém, como era para os outros já mais habituados, significava sempre uma oportunidade de algum entusiasmo. sim, um entusiasmo que começava por ser só pela animação, pela diferença, e depois passava pelo interesseiro aspecto de nos poderem trazer alguma coisa que quiséssemos ter, até uma guloseima podia ser uma maravilha suficiente e, por último, lá mais para o fim das razões de entusiasmo, havia um ou outro velhote que gostava mesmo de rever os seus, apaziguados com as sortes e os azares e administrando as saudades e o amor com uma leveza que, para mim, parecia um paradoxo e uma falta grande de amor

próprio, como mendigos. mendigos sobretudo de quem haviam sido.
fiquei na minha cadeira a fazer parte de velhinho cansado e eles mantiveram-se em continência durante todo o tempo. era sobretudo porque se sentiam confrangidos. sentiam vergonha pelo que me faziam, tenho a mais absoluta certeza de que tinham a consciência perfeita de que me faziam mal pondo-me ali e era essa consciência que tornava o seu acto inaceitável e merecedor de toda a reprovação. a elisa tentava arranjar assuntos pertinentes, ia dizendo coisas e mais coisas que aborreciam os miúdos e que não precisavam de respostas. depois apresentou-me as saudações do meu filho e os votos para que tudo me corresse bem. desde que o meu filho partiu para a grécia, metido lá para atenas a dar aulas numa universidade, subiu-lhe à cabeça um certo estatuto antigo. ficou de filosofia cara e não o vi nunca mais. tinham passado seguramente três anos sem que ele viesse a portugal e, depois de ter escolhido não vir ao funeral da mãe, era um filho sepultado para mim. o desrespeito pela laura era insuportável e eu não aceitaria nunca que um filho nosso poupasse umas quantas moedas num momento como aquele. ele terá instruído a elisa para as coisas do meu internamento num lar e ficou assim tranquilo para sempre. cumprira a sua parte. eu respondi, se lhe falares, diz-lhe que está tudo muito bem e que vamos morrendo devagar, mais devagar do que parece. o meu genro retorquiu, não diga isso. e eu respondi, queres que diga o quê. os meus netos remexeram-se, certamente nada habituados a ver o bonacheirão do avô zangado. eu não os quis encarar. senti também alguma vergonha, são só umas crianças, pensei. mas depois lembrei-me de que estão ambos crescidos, metidos em estudos superiores e a namorar e tarda nada casam para ter os seus próprios problemas de adultos por inteiro. e assim abri a boca e acrescentei, dizes ao teu irmão que é um porco, e que das poucas coisas que me dariam gozo nesta vida uma era desfazê-lo à paulada até lhe arrancar a cabeça. dava-lhe tantas naquele focinho que havia de lhe arrancar os lábios, para nunca mais ninguém lhe dizer

que tem a boca da mãe, porque ele não tem o direito de ficar com rigorosamente nada da mãe. ouviste, elisa. ouviste. dizes ao teu irmão que se mate, mas que nunca se atreva a aparecer-me aqui. os meus netos apertaram-se. saíram devagar da nossa beira. a miúda seguramente para chorar. e eu gritei, vão-se embora. vão-se embora daqui todos. o américo veio acudir-me e, mais uma vez, viu-me furioso atirando o candeeiro novamente ao chão e disposto a finalmente enlouquecer. estou aqui, senhor silva, eu estou aqui. não me deixes sozinho, rapaz, acho que estou a ser atacado, alguma coisa me ataca, querem fazer-me mal. acreditei que vinha gente desconhecida pelos meus ouvidos adentro, cabendo pelos meus ouvidos adentro. e o américo quase me abraçava, eu repetindo, estão a entrar pelo som, andam nas vozes das pessoas e depois não temos como impedir que nos invadam. e ele dizia, é só o medo, senhor silva, não é gente, é o medo que se põe com maneiras de o apanhar. não vamos deixar que isso aconteça.

e as visitas foram-se embora, naturalmente. devem ter levado as suas roupas bonitas a passear. era sábado e após tão grande produção aproveitariam para um passeio, um filme no cinema, um gelado ao pé da praia. e o senhor pereira dizia-me o mesmo, caro amigo silva, já tenho quatro anos disto, e é sempre assim. os meus filhos são uns estupores, mas, digo-lhe, com as nossas idades e para aqui metidos, os filhos de toda a gente ficam uns estupores. sabe que não é fácil imaginar o que aqui vai. e a dona marta, se tivesse carregado na campainha talvez estivesse melhor. e nós é que o sabemos. que quem vive lá fora e tem saúde não fica à espera que uma coisa destas lhe aconteça. eu passei a mão direita pelas sobrancelhas como a soltá-las da própria pele que estagnara. pensei que talvez uma daquelas noites os abutres me assustariam mais do que o costume e eu acordaria para vegetar como a dona marta, sem morte nem salvação. e o senhor pereira insistiu, foi um ataque que teve, coitada, e a campainha estava caída para o chão, por isso não conseguiu chamar ninguém. ficou ali sozinha a noite inteira, é uma sorte que esteja viva.

não fiquei a sentir piedade alguma da minha filha. queria que se escorraçasse dali infeliz a perceber o quanto me era abominável o seu mundo todo organizado como um percurso de tarefas profissionais. e eu no meio, igual a ser preciso tratar da empregada de limpeza ou pagar as contas da luz ou, claro, saber se os miúdos estavam educadamente na escola. apenas mais uma tarefa. olhei para a nossa senhora de fátima e disse-lhe, mariazinha, havias de ser uma mulher de te pores a mexer e tudo e dávamos uma volta pelo jardim depois de enxotarmos aos pontapés as pombinhas. ri-me. fui procurar o senhor pereira e fizemos uma brincadeira juntos. arranjámos um pedaço de papel, um pouco de fita-cola e pusemos na estatueta da senhora de fátima um letreiro a dizer, mariazinha, rodeada de pombinhas. ficou perfeita, com aquele ar de parva aflita sem saber o que fazer. uma santa toda mãe de deus e não sabe nada, não faz nada, perde-se na mesma brancura das paredes em que nos perdemos todos. um embuste. havia de andar na limpeza. entrar com os baldes e as lixívias e trabalhar, que isso é que há de ser uma santidade de jeito, trabalhar. o senhor pereira, que até acreditava nuns quantos de santos e temia deus às vezes, divertiu-se, como a pecar num frenesi impossível de conter, para sentir, afinal, essa coisa da alma ainda viva. a alma viva, repetia eu, que burrice tão grande para nos enganar e pôr como carneirada a cumprir ordens e atender a medos. e não tem medo de nada, perguntou ele. tenho. tenho medo de ficar para aqui ainda mais sozinho do que estou. você não está só, homem, que aqui somos muitos e sentimos todos exatamente aquilo que você sente, respondeu-me. e eu calei-me. não fosse ele perceber o que eu sentia, e como ainda seguia zangado, capaz de me rir do sofrimento de qualquer um, incluindo o dele.

pusemo-nos depois no pátio, a apanhar um sol intenso que parecia plantar em nós umas quantas fogueiras. subitamente o senhor pereira pôs um braço no ar e chamou para perto um indivíduo bem mais velho do que nós com quem eu nunca falara. esteves, chamou ele, esteves, anda aqui, vou contar-te uma coisa. o homem abancou ao nosso lado, disse boa tarde e sorriu. o senhor pereira continuou, pusemos um letreiro na estatueta aqui do amigo silva, na da nossa senhora, a dizer que se chama mariazinha, rodeada de pombinhas, é a santa das pombinhas. riram-se os dois como tolos. e repetiu, chama-se mariazinha, afinal é como uma boneca qualquer, diz aqui o senhor silva. e o outro disse, então e vocês agora brincam às bonecas. olha, brincamos com o que há, que já não é muito. e riam-se mais. depois calaram-se brevemente. ficámos novamente só a sentir as fogueiras que nos consolavam um bom bocado. entretanto, o tal esteves levantou-se, andou a rodopiar para trás e para diante, e depois foi refilar uma coisa qualquer com alguém, já lá para dentro no salão. nós não percebíamos a conversa, mas também não interessava. surpreendeu-me o senhor pereira que, como que se lembrando repentinamente, me perguntou, sabe quem é este esteves. torci os lábios com algum desinteresse e confirmação de ignorância. e ele disse, é o esteves sem metafísica, sim, o do fernando pessoa, é uma coisa do caraças. está a ver. e eu abri a boca de espanto inteiro. o que diz você, perguntei. ó homem, é verdade, é o esteves sem metafísica da tabacaria do fernando pessoa. e eu respondi, não diga asneiras. tem quase cem anos. ó esteves, ó esteves, anda aqui, chamava o senhor pereira todo animado. o outro estava cheio de energia na discussão em que se metera e não fazia caso. o meu companheiro dizia, é verdade, é ele. vai fazer cem anos, já viu como ainda anda aí de pé. um mito da nossa poesia, é do caraças. e depois o esteves lá se desenrascou da conversa e apareceu à nossa beira a perguntar o que lhe queríamos. o senhor pereira mandou-o sentar-se novamente e muito divertido pediu-lhe, ó esteves, conta aqui ao senhor silva como foi que te meteste num poema do fernando pessoa. o homem arregalou os olhos e riu-se respondendo, isso já toda a gente sabe, já o contei mil vezes. e o senhor pereira insistiu, mas o senhor silva não sabe e nem sequer está a acreditar em mim, não vou passar por mentiroso. ai que treta, disse eu, este lar está cheio de velhos tolos. pus-me para diante na cadeira, a encarar o velhote com uma antecipação enorme e ele atirou-se para dentro dos meus olhos e confirmou, sim, é verdade. eu vivia em lisboa e ia sempre àquela tabacaria. é verdade sim. os meus ouvidos afundaram incrivelmente no insondável da cabeça e eu fiquei só a ver aquele rosto. o rosto de um homem com mais quinze anos do que eu, sorridente, aberto, limpo ao mesmo sol que nos cobria, e era como se o próprio maravilhoso genial lindo fernando pessoa ressuscitasse à minha frente, era como dar pele a um poema e trazê-lo à luz do dia, a tocar-me no quotidiano afinal mágico que nos é dado levar. era como se alice viesse do país da fantasia para nos contar como vivem os coelhos falantes e as aventuras de faz de conta. e eu voltei a ouvi-lo dizer, mas eu tenho muita metafísica, isto de os poetas nos roubarem a alma não é coisa decente, porque aquilo da poesia leva muita mentira. sorri. sorri verdadeiramente como nunca até ali naquele lar. e o senhor pereira olhou para mim radiante e afirmou num triunfo, isto sim, agora, é o lar da feliz idade.

 o lar da feliz idade, assim se chama o matadouro para onde fui metido. que irónico nome e só então me ocupava o pensamento. o esteves sem metafísica ali contente de sentimento tão genuíno e o senhor pereira tão parecido a um amigo e eu a julgar que ia ter um ataque de qualquer coisa, porque aquela novidade era demasiada. era uma novidade que, sobretudo no meu estado para morto, continha uma energia de vida radical e inesperada. caramba, com oitenta e quatro anos um homem ainda pode ficar deslumbrado e todo incrédulo, como se viesse para criança pasmar diante de um gelado. e eu pedi apenas mais uma vez, não me engane, homem, diga-me a verdade, conheceu o fernando pessoa. e ele respondeu, é como lhe digo, senhor silva, conheci, era eu um moço novo longe até de saber que aquele seria o nosso grande poeta. a vida tem destas coisas, quando não esperamos mete-nos numa grande história. bem, ou num grande poema, que também acaba por contar uma história, ou não é. acenei afirmativamente, pus-me para trás de novo, as fogueiritas espalhadas pelo meu corpo e eu estupefacto já não ouvia o senhor pereira que, glorioso, troçava de mim por só ao fim de vinte e três dias de feliz idade ter percebido que partilhávamos o lar com um mito da poesia portuguesa.

o américo chegou ao pé de nós, dobrou-se sobre o meu ouvido e disse-me, a sua filha está a chorar no gabinete do doutor bernardo. está sozinha, senhor silva, não consegue ir-se embora. levantei-me. fui ao gabinete do doutor bernardo e vi a minha elisa aterrada como ficava desde pequenina quando as situações eram maiores do que o seu pensamento e o seu coração não sabia como parar de sofrer. abracei-a e beijei-a. precisava ainda de mim aquela mulher de quarenta e nove anos. era ainda pequena, como acho que somos todos nós para as coisas mais tristes. o doutor bernardo deixou-nos sozinhos mas eu não quis mais conversar. quis só que ela ficasse com aquela espécie de breve perdão, o único que eu conseguia dar-lhe. era um perdão rápido e pequeno. como se também eu pudesse, num momento, usar um coração para sentir menos as coisas ou ser uma espécie qualquer de sovina. fazia-me lembrar de quando a elisa andava de baloiço e pedia que a empurrássemos para ir mais veloz e mais alto. e eu fazia-o também divertido com ela. pois, naquele dia, aquele abraço e aquele beijo eram um só único empurrão. significava que queria que ainda vivesse com alguma alegria e fosse ainda mais alto. mas as forças não me permitiam continuar naquilo a tarde inteira. e ela saiu aquietada o suficiente para que eu julgasse, aí então, que depois viria o passeio, o cinema, o jantar descontraído num centro comercial qualquer onde se sentissem todos confortáveis e integrados, como era preciso. eu não poderia contribuir para um sofrimento demasiado grande da minha filha. e também a raiva que me aquecera contra o meu filho havia de ser em boa parte uma combustão exagerada de gestos que nunca teria. era da infelicidade tão grande e de estar tão magoado, tão perplexo com o que é uma família, afinal. eu fiquei com aquele dia atravessado no peito. cheio de ideias confusas que me punham ainda a proteger as minhas crias, mas só depois de as ter desprezado e atirado para os perigos que, instintivamente, acreditava eu, haveriam de os amadurecer e fazer compreender o que seria certo ou errado no lugar que ocupavam entre mim e a laura. pobre laura, a que mais perdeu. perdeu até o direito de opinar, de se revoltar, de ser ela a gritar obrigando as crias a entenderem o erro que cometiam e o quanto isso estava para lá do nosso sonhado mundo. sonhar um mundo é correr riscos ainda maiores. é ser-se ambicioso perante o que já é impossível.

depois o doutor bernardo entrou e quis perceber alguma coisa, vício de psicólogo. mas eu pus-me a andar dali para fora. expliquei-lhe que descobrira o esteves sem metafísica e que não tinha ainda os pés no chão. essa história pode ser uma coisa da carochinha, comentou ele. acha, perguntei. não sei, mas pode ser. e eu respondi, isso é da inveja de não nos acontecer o mesmo. o doutor bernardo riu-se e acenou que sim. tem razão. quem não daria uma fortuna para estar num verso do fernando pessoa. pus-me dali para fora e achei que o esteves sem metafísica, com os seus quase cem anos, era a melhor senhora de fátima do lar. isso aliviou-me um não sei quê de sentimento que me poderia derrotar naquela tarde. a laura, se fosse viva, desmaiaria de emoção diante daquele homem. ela era assim, sem limites no deslumbre. a minha laura não sobrevivera para aquele dia, mas quereria que eu o aproveitasse. foi a primeira vez que essa ideia encaixou na minha cabeça, decorridos quase cinco meses da sua morte. a minha laura quereria o meu bem, quereria que eu ficasse para ali encantado com aquela descoberta, sozinho, mas a fazer as vezes dos dois. como a descobrir para os dois algo que só eu tivera oportunidade de descobrir. vieram-me as lágrimas aos olhos. voltei atrás. encarei envergonhado o doutor bernardo. disse-lhe, eu gostava de visitar a campa da minha mulher. ele não disse nada. mais tarde ou mais cedo todos nós voltaríamos à realidade, e aquele era o meu momento. eu queria ir ver o lugar onde ela estava e talvez desfazer-me em átomos por não o suportar. ou então, quem sabe, sentar-me numa coragem incrível e ficar ali um bocado a ver se alguma coisa na matéria que sobrava dela e de mim percebia que lhe queria dizer que andava por aqui um homem que conhecera o pessoa e que eu lhe iria falar dela, sim, da minha laura, e que a vida era só isto. é só isto, um novo modo de ter saudades, ou de lhes sobreviver.

mas não era verdade que fosse só. naquela noite houve um rebuliço no lar. o feliz idade nunca tal coisa vira. no andar de cima, na ala dos já descerebrados, aqueles que não fazem nada, senão esperar a hora de se entornarem janela abaixo para o cemitério, houve um incêndio. um fogo rápido que parecia vir das paredes, bocas nas paredes a cuspirem pequenas chamas como água a ser deitada, e morreram três pessoas. eu não percebi nada. caí no sono fundamente e não acordei com o fogo. acordei depois. quando se confundiam as pessoas pelo corredor comentando sustos e alguns velhos choravam num medo contínuo. quando subitamente, numa fração de segundo, o próprio esteves passou diante da minha porta dizendo, é uma tragédia, é uma tragédia. acordei assim, às quatro ou cinco da manhã, com a voz atormentada daquele homem anunciando uma tragédia. acudi ao corredor e era ver, para o lado esquerdo da casa, uma varanda acima, as paredes chamuscadas e ainda um fumo ali a embaçar o ar. tossíamos e não sabíamos se haveríamos de correr à rua ou voltar ao quarto. não foi um incêndio daqueles de comer tudo. foi um lume localizado, feito como de propósito só para tirar o ar àqueles que mais tinham dificuldade em consegui-lo. o senhor pereira meteu-se no quarto comigo. dizia que o américo e o doutor bernardo, mais a enfermeira, estavam a mandar toda a gente para a cama para não se meterem em perigos, nem atrapalharem. e ele fechara a porta do seu quarto e viera para junto de mim com os olhos arregalados. dizia ele, já viu, senhor silva, você já viu. e eu não sabia se havia de confirmar ou não. ficava à espera que ele desenvolvesse. e ele repetia, não viu como fizeram isto. já aqui há uns anos foi a mesma coisa. é um crime. põem estes fumos nos quartos dos velhos. põem sim, que quando eu cheguei já aqui alguém me contara que o faziam. devem ter quem dê mais para entrar. têm de despachar estes velhos. tome tento no que lhe digo, eles têm de despachar estes velhos para meterem aqui outros com maior pagamento. muitos destes velhos perdem as fortunas e ficam abandonados, não vai ser por caridade que alguém lhes enfia os tubos para respirarem e lhes muda os lençóis. calámo-nos. alguém andava no corredor. parecíamos putos nos livros de aventuras em colégios internos. tínhamos um crime em mãos, mas não podíamos confiar em ninguém. que absurdo. e eu ainda disse, senhor pereira, você ainda tem menos juízo do que eu. e ele abanava a cabeça negativamente e respondia, não seja tolo, senhor silva, não seja tolo, que eles aqui ficam todos à espera que não pensemos, mas se deixarmos de pensar estamos enterrados.

Capítulo Cinco
Teófilo Cubillas

Teófilo Cubillas, o peruano sorridente. Isaltino de Jesus pasmou perante o poster e não queria acreditar. Era o Teófilo Cubillas a sorrir exatamente no mesmo poster que *O Norte Desportivo* oferecera aos portistas devotos nos idos anos setenta do século passado. Isaltino de Jesus pasmou diante de tal figura e pareceu-lhe que a vida se engomara, estava ali como passada a limpo igual se podia fazer aos cadernos de escola. Tomavam-se notas a correr, uns gatafunhos para ali desordenados e feios, e depois tinha-se o trabalho de passar tudo a limpo uma outra vez, para que ficasse de dignidade suficiente a ser guardado para uma mais-valia de muito tempo. Raios partam se não era o Teófilo Cubillas impecavelmente emoldurado, sem vincos que se vissem, posto na parede como uma obra de arte, o belo estupor, a sorrir.

"É já antigo e não há muito quem se lembre. Mas aqui somos todos antigos e, além de portistas, somos gratos. Olhe, até sabemos onde fica o Peru, que esta juventude acha que o futebol nasceu na Madeira entre as bananas", disse a dona Leopoldina.

O agente Isaltino não respondeu. Estava demasiado surpreso. Como haveria de explicar aquilo?

"O senhor é portista? Espero que seja. Não há maior nojo do que alguém ser benfiquista. E um benfiquista não põe os pés no meu quarto."

"Fique descansada, sou de Valongo."

"E já não há polícia mais perto? Têm de ir buscar-vos tão longe? Será que estamos para aqui tão abandonados?"

Durante décadas, enquanto Isaltino discutia no gabinete do seu chefe as estratégias dos casos que investigavam, via um poster de Cubillas exatamente igual àquele, colado na parede com pedacinhos de fita-cola, acusando inúmeros rasgões, já sem pontas, cheio de vincos de mil dobras diferentes motivadas por arquivamentos esquecidos no tempo e com manchas de fumo, deixadas ali pelos charutos da praxe do inspetor. No gabinete de Jaime Ramos ficava o poster como uma pele a amolecer, flácida e tão inglória de qualquer peruano que fosse, mais ainda daquele simpático e sorridente que infinitamente se punha ali a gostar do Porto e de Portugal. O melhor jogador sul-americano de 1972, melhor do que o Pelé. Isaltino de Jesus, o prudente polícia, pensava que talvez nem fosse bom que o seu chefe entrasse ali. Sentir-se-ia tão sujo quanto ele próprio se sentia, como incapaz de preservar o brio de outro tempo, metido pela idade adentro como por desleixo, quase uma incompetência no cuidado com as glórias amadas da juventude. Que estranha sensação aquela, a de entrar num lar de terceira idade para descobrir uma juventude no Cubillas que na judiciária não se conservara. E a dona Leopoldina disse:

"Esse inspetor nunca mais vem?"

"A senhora não tenha pressa", respondeu-lhe Isaltino, "para o que aqui há a inspetar estou cá eu e sei o que faço. Não se assuste."

"Não estou assustada. Mas talvez ajudasse que olhasse para o chão, é onde está a poça de sangue e nas paredes nada, não há nada."

Isaltino de Jesus fungou qualquer coisa, contrafeito com o espírito impertinente da velha mulher, e lá se pôs de joelhos a ver o pouco sangue que ali secara. Pôs cara de cão inteligente, como se fosse de farejar e descobrir pistas incríveis, mas depois não fazia nada, nem avançava para frase nenhuma que fornecesse uma satisfação à dona Leopoldina. E a velha não tinha modos de compreender que ele estava baralhado, estupefacto. Ela não o entendia e ele não lho explicava. Estava o homem um pouco atiçado, como não lhe era nada natural. Não era que perdesse a calma, estava só menos lúcido, com uma ponta de nostalgia que não era nada coisa sua.

"Eu não sei se a senhora não terá de ir dormir a outro quarto esta noite. É importante que isto não se perca. Temos de recolher provas e fazer análises", disse o polícia.

"Então, e não cabemos as duas aqui dentro, eu e essa bendita mancha? Não quero ir dormir para lado nenhum. Não passo sem o meu colchão e estou muito velha para andar para aí como enjeitada."

O agente levantou-se e aproximou-se da velha casmurra, tentando impor alguma autoridade. Ela não lhe ganhou medo nem recuou.

"A senhora pode até ser suspeita de alguma coisa. Está uma mancha de sangue no chão do seu quarto e esta noite morreram três pessoas no piso de cima. Acha mesmo que não posso desconfiar de si?"

Naquele momento o funcionário Américo Setembro assomou à porta. Ouviu o resto da conversa e ficou perplexo. Não resistiu a interferir.

"A dona Leopoldina? O senhor polícia está a dizer que a dona Leopoldina pode ser culpada da morte dos colegas? O senhor está a dizer que..."

"Eu não disse nada disso. Quero é poder observar em paz esta pista e não há modos de se fazer sossego neste quarto. Importam-se de sair os dois? Isto é trabalho para um profissional."

"Eu vinha só trazer cá acima o inspetor. Sim, outro, o senhor Jaime Ramos. Pode entrar. O senhor faça o favor de entrar. É o inspetor Jaime Ramos, não sei se já se conhecem."

"Trabalhamos juntos."

Quando Jaime Ramos entra no pequeno quarto o seu olhar dirige-se magneticamente para o poster do peruano sorridente emoldurado a luxo. Era terrivelmente a versão eternamente jovem do poster que tinha no gabinete a apodrecer a passos largos. Era a prova gritante de que um dia todos eles haviam sido jovens, magros, ágeis e sobretudo esperançados num futuro melhor e, eventualmente, tinham estragado tudo.

"Tínhamos este gajo a sorrir para nós. Lembras-te? Quando foi a última vez que percebi que ele sorria assim?", perguntou Jaime Ramos.

"Ó chefe, mande a senhora lá para fora que ela não colabora muito."

"Vamos embora, Américo, estes benfiquistas já me estão a enervar", disse a dona Leopoldina a empurrar o funcionário surpreso.

"Não me diga que lhe meteu que éramos benfiquistas, homem! Estas bocas têm limites", irritou-se o inspetor. "Nada disso. É a velha que é maluca. Não funciona. Estou para aqui há um ror de tempo e não se cala, só diz disparates. E é fanática. É uma fanática à moda antiga."

Ficaram ambos os homens ali metidos, ajoelhados os dois, a tentarem descobrir na mancha de sangue uma forma que comunicasse. Espetavam ali os olhos a tirar ideias palermas da cabeça. Esperavam da mancha de sangue uma revelação, como quando se vê um coelho nas nuvens, uma casa, a cara de alguém, o mapa de Portugal. Subitamente, o inspetor Jaime Ramos pôs-se de pé e rematou:

"Isto não é nada. Caramba, está tudo queimado lá para cima, temos três mortos em que pensar e isto é só um arranhão que alguém aí teve. Vamos embora, estamos a perder tempo."

Subiram os olhos novamente à parede e refilaram em coro uns amuos diversos como se envergonhados perante os olhos frescos do jogador. Naquele poster estavam ainda delineados com precisão os olhos incisivos daquele peruano moreno com ar de quem tinha tudo na vida. Com ar de quem nunca perdera.

A dona Leopoldina soube que podia recuperar o seu quarto e abanou-se toda como dona do seu nariz a fazer valer os seus direitos. Foi espreitar a ver se não lhe tinham feito mal ao Cubillas. Fitou o peruano e andou por ali a apreciar-lhe as feições como se ele lhe pudesse acusar o que os dois polícias ali haviam feito e sobre o que tinham conversado. Não era para alcançar resposta alguma, era só para que ficasse com a certeza de que os dois estupores benfiquistas não tinham atentado contra as suas paixões. Pôs a mão no peito. Sentou-se na cama e sorriu. A dona Leopoldina não percebia nada de futebol e não distinguiria um jogador de outro, mesmo que um fosse portista e outro benfiquista. A dona Leopoldina sorria porque se lembrava do dia 8 de março de 1974, quando chegava a casa numa noite já tarde, e um homem num carro bonito passou tão perto. Era um jovem, sim, já ela mais velha do que ele uns quinze ou vinte anos. Mas ele estaria desaustinado de força naquela noite, como um bruto animal a precisar de magoar ou ser magoado. Meteu conversa com ela e esta disse-lhe incrivelmente que era solteira, virgem, que sonhava com um homem desde pequena e que vira o tempo correr sem que brotasse do desejo um corpo tangível, ninguém. Teófilo Cubillas subiu com a solitária mulher as escadas estreitas de uma casa grande. Passou ali umas horas em que, além do sexo, lhe falou num português esquisito sobre como era vir do Peru para um país chamado Portugal sem que nenhum dos dois suspeitasse o fim da ditadura por ali tão perto. Ela lembrava-se de lhe dizer que seria excelente a democracia, ainda que viesse só para os homens. Era uma ideia razoável de quem fora sempre mulher e nunca percebera o mundo longe dos desígnios falocráticos de uma sociedade tão musculada. Perceberia ela depois, quando na televisão mostraram o rosto do homem, que ele era um grande jogador. E que não podia ser um equívoco ter estado na sua cama. Ele não lhe dissera o que fazia e inventara outro nome, Pablo. Dissera que se chamava Pablo qualquer coisa. Mas era o peruano sorridente o homem com quem a dona Leopoldina estivera, sem cobranças, sem vergonha, com uma ansiedade dolorosa de perder a candura de menina. E ele dizia:

"Faço anos."

"E a prenda é minha."

No lar da Feliz Idade toda a gente desconfiava saber por que razão a dona Leopoldina emoldurara aquele poster e o tinha ali pendurado como relíquia de uma vida. E ela gritava: "Viva o Porto", e era mais do que suficiente para que a tivessem como uma fanática tonta e já senil. Era a velhice aplicada àquela particular tolice e mais nada.

No corredor, todos espreitando portas a abrir e fechar, algo a medo, passavam vezes sem conta os policiais. Jaime Ramos e Isaltino de Jesus e mais uns quantos que vinham de todos os lados e andavam à procura de algo que justificasse

serem tantos, como se a quantidade fosse requisito para manter os velhos mais calmos e garantir uma piedosa qualidade de vida. Um dos velhos mais metediços era António Jorge Silva. Dizia-lhe Jaime Ramos:
"O senhor viu alguma coisa, é isso?"
"Eu não vi nada, até estava a dormir. Só depois ouvi o Esteves a dizer que era uma tragédia."
"Então e por que não vai descansar? Estamos a fazer o nosso trabalho, e já não demoramos muito."
"O senhor agente acha que nós somos velhos e não prestamos para mais nada?"
"Eu não disse isso. O senhor não está a entender. Estamos a trabalhar."
"E eu não posso ver? Não sou uma criança. Já vi muita coisa."
"Como se chama?"
"António Jorge Silva."
"Senhor António Jorge Silva, de verdade, de verdade, quantas menos pessoas estiverem por aqui mais fácil é para nós trabalharmos. Sabe, é uma questão de concentração."
O senhor António Silva afastou-se um pouco, depois voltou lentamente. Jaime Ramos e Isaltino de Jesus ficaram expectantes com o que lhes viria dizer o maluco, tão irredutível na vontade de não se ausentar. O homem chegou-se bem perto e, com ar de quem traria uma informação fundamental, disse:
"Não havia lugar para mais velhos. Percebe? Não havia lugar para mais ninguém."
O funcionário Américo Setembro bateu umas palmas do lado de lá da varanda interior do lar. Era a enxotar os velhos para dentro dos quartos como se fazia às galinhas. O senhor António Silva apressou-se a obedecer, já havia dito o que queria e o seu olhar nervoso explicava o resto. Ao menos era o que ele próprio achava. Os dois polícias entreolharam-se e, em alguns breves segundos, estavam já noutro lugar a puxar por outras ideias, que aquelas do primeiro andar do lar não pareciam nada razoáveis. E o senhor António Silva sentou-se

sobre a sua cama e achou que já havia posto o ovo. Mais tarde ou mais cedo eclodiria na cabeça inteligente dos policiais. O chamuscado das paredes ficara silente. Enfim, era tudo muito calado onde se esperava a morte, até o que se dizia perdia sentido e funcionava apenas como uma reverberação do silêncio, coisa nenhuma, coisa rigorosamente nenhuma. Os polícias assim o pensavam e todos se calavam a lembrar o que quer que fosse sobre cada um dos três falecidos, alguns já para ali esquecidos havia muito tempo sem proferirem palavra ou vontade, eram só ocupações. Ocupavam, e depois não.

capítulo
seis
**beleza
de
nobre
e
fome
de
miserável**

no dia quinze de janeiro de mil novecentos e vinte e oito joão esteves era um moço de vinte anos cuja vida corria difícil. os seus pais passavam misérias no norte do país enquanto ele suportava um tio prepotente que conseguira abrir espaço na capital, que era dizer que se metera com uns e com outros e arranjara umas lojas de mercearia por lisboa, ainda a dever uns bons dinheiros, mas ali seguro de garras afiadas e muita vontade de vencer. três. três lojas que serviam uma quantidade séria de pessoas e que faziam com que o gordo homem tivesse promessas de prosperar alegremente. a mãe de joão esteves, irmã do gordo homem, já perguntara umas quantas vezes pela possibilidade de seguir ela também para a capital, lavar chãos e roupa, que não se furtaria a nada para fugir à chuva e ao frio pobre do norte. mas o empresário não estava para caridades grandes, punha o sobrinho a jeito porque era um jovem cheio de vida pela frente, mas arcar com as responsabilidades da família não lhe parecia fardo que se pusesse aos seus ombros, e a cada conversa sobre o assunto desentendia tudo e não fazia caso. nem cartas e nenhuma visita, o assunto ficava arrumado, que aquilo por lisboa não era pera-doce e a sua cabeça não dava para se pôr de pai de toda a gente. no dia quinze de janeiro de mil novecentos e vinte e oito o joão esteves só parecia um homem despreocupado e aligeirado porque a juventude dos seus vinte anos lhe limpava a face mesmo após as noites maldormidas. e o brio perante a saudade da família, mais o desejo sincero de ajudar, faziam-no crer que era ele o elemento fundamental para cosmicamente emanar as melhores energias para o sangue dos esteves que padeciam de uma pouca fortuna entristecedora. enfim, era o seu salário que ia para o banco para ser repartido por si e pelos pais, era essa a influência cósmica, claro está, a mística toda junta num passe de mágica que era meter o dinheiro num lugar e ele chegar a outro mas, invariavelmente, desaparecer em poucos dias. nestes modos, sem pensar demasiado, para que o futuro lhe parecesse possível, joão esteves entrou mais uma vez na tabacaria alves e comprou o jornal a ordens do tio. entrou na tabacaria de sorriso educado, cumprimentou o senhor fernando pessoa que ali estava de breve conversa com o dono do estabelecimento e depois cumprimentou o próprio dono do estabelecimento e pediu o jornal de sempre, com a iluminação de sempre, que era sobretudo uma beleza jovial que advinha dos seus traços físicos privilegiados até dignos de um aristocrata qualquer. a genética, pensaria mais tarde joão esteves, tem destas ironias curiosas, põe-nos com beleza de nobre a passar as fomes dos miseráveis. parecia que sentia ainda mais vergonha da pobreza quando era cobiçado pelas raparigas elegantes e de linhagem. sentia-se ainda mais ridículo, como um animal doméstico que as donzelas finas desejassem e que, indubitavelmente, lhes seria fácil comprar. e joão esteves saiu da tabacaria sem mais nada, inconsciente de que plantara no terreno fértil da criatividade de fernando pessoa um poema eterno.

ele sabia o nome do poeta, sabia que era dos escritórios, sempre aprumado de facto e chapéu muito melhor do que o seu. estava aquele pessoa pela tabacaria de vez em quando, com um olhar pelos jornais muito perigoso, como um olhar de caça por sobre as palavras, como se ali nas tintas postas naqueles papéis pudessem estar coisas que realmente lhe diziam respeito e matariam uma qualquer fome. joão esteves não fazia ideia do que seria. imaginava, embora sem pensar muito nisso, que os homens dos escritórios se interessavam por tudo porque tinham cultura para tudo e talvez gerissem interesses e, certamente, aquilo havia de fazer com que ganhassem dinheiro, porque a vida se dividia muito claramente entre fazerem por se sustentar e não fazerem coisa nenhuma. os do escritório, com corpos moles de quem não mexia em nada, mexiam muito com a cabeça. eram cultos e valiam para coisas invisíveis muito diferentes de andar nas lojas a carregar as caixas e a subir às estantes mais altas onde a delicadeza dos mais fracos se desequilibrava.

uns dias mais tarde, não muito depois, joão esteves entrou na tabacaria e o senhor alves demorou-o um minuto mais. apenas um minuto. disse-lhe que aquele fernando pessoa que ali costumava ir escrevinhava uns poemas, de vez em quando, e que os pusera aos dois num texto. disse-mo mas não mo mostrou, comentou o homem. e depois acrescentou, eu até gostava de o ler, mas ainda não o convenci, não sei se anda a fazer aquelas revisões, que um poema ainda amadurece com cuidado. o próprio fernando pessoa perguntara ao senhor alves como se chamava aquele homem jovem de tez brilhante que ali entrara, e que já vira umas quantas vezes, sempre impecavelmente prometedor e com jeito de empreendimento. o dono respondeu-lhe que era o esteves, falava-lhe por esteves, que era de uma educação das boas e passava de manhã muito cedo rigorosamente à hora das pessoas que trabalham sem medos. o poeta fernando pessoa reconheceu o nome, sim, já sabia o nome e concordava com a ideia dos bons modos, e depois afundou-se brevemente nos pensamentos e despediu-se. quando voltou, poucos dias depois, não resistiu a comentar a escrita do poema com um prazer visível de quem descobrira um texto precioso. o dono da tabacaria disse três vezes, ó senhor doutor, tem de mo deixar ler, que até fico vaidoso de vir dentro de uma literatura. e depois o joão esteves perguntou-lhe, e ele é mesmo um escritor. o outro respondeu, exato como sermos nós bichos com pernas, imagine como são as coisas, um escritor que entra aqui como outro qualquer e que até se inspira em nós, homem, somos fonte de inspiração. fernando pessoa, pensou joão esteves, um nome de escritor. e depois ponderou que o poema, coisa sobre que não percebia nada, havia de ser uma porcaria sem interesse. olhou em redor, viu a confusão em que se tornara a tabacaria, aquele desarrumo e o aspecto feio do dono, e viu como dali não se via nada de particularmente belo, como haveria um poema de ser belo escrito a pensar naquilo.

    eu, como todas as pessoas que perderam alguém, com ou sem fé, pensei que a laura estaria num lugar qualquer, como reduto último de uma qualquer consciência reconhecível e que me reconhecesse, e fitei o esteves sem metafísica cheio de vontade de o embalar enviado a preceito para onde fosse esse lugar da laura. esse lugar onde ela o encontrasse. depois da nossa conversa, pensei por momentos que se aquele homem de quase cem anos morresse poderia encontrar a laura no caminho. que ridículo, para um homem sem abstrações como eu, pensar naquela mentira da transcendência e ficcionar essa falácia do costume para nos apaziguarmos da fatalidade de sermos efémeros. se aquele esteves morresse e encontrasse a minha laura seria só porque o haveriam sepultado com ela, para ficarem a desgastar as carnes e depois a esboroar os ossos na mesma terra bichada. de todo o modo, ele levantou-se, especialmente alto e ainda admiravelmente ágil, e encaminhou-se pátio fora a pensar e a falar de outras coisas com outras pessoas. e eu senti aquele instinto imparável de o querer ver morto, ali a tombar no chão depois da nossa fascinante conversa, para que me desse efetivamente a sensação de o estar a enviar para o pé da laura. o estupor do homem, com cem anos de orgulho, andou por ali a brincar com quem fosse, ainda de ar ligeiro e despreocupado, e eu acreditei, caprichosamente frustrado, que ele perdera a metafísica. estava como se nada fosse, tolo, nada atento aos perigos de ter tanta idade. nada alertado para a vida, ao contrário daquilo, ser toda insinuante apenas para nos destroçar mais violentamente no momento certo. que imprudente era afinal aquele homem e como media a distância entre mim e a laura. como emudecia o meu diálogo com ela por aumentar a vontade de o fazer perdurar, ao diálogo, de o recuperar ainda que só para lhe reler o poema do fernando pessoa que durante tantos anos lêramos e relêramos para aprendermos o pessimismo, sem nunca nos tornarmos pessimistas, apenas inteligentes sobre isso.

    fui às portas do cemitério. julgara por uns momentos que iria ali apenas se acompanhado pelo doutor bernardo, mas não seria meu fazer aqueles cinquenta metros de caminho escoltado por alguém a levar-me como cachorro em passeio. saí do feliz idade e virei à direita, e depois à direita outra vez e já ali estava o muro do cemitério. os portões mais abaixo e eu sabia que a campa da laura estava ali para dentro, sempre à direita, depois de uma pequena capela. não me cheguei ao muro, nem ao portão, não atravessei sequer a exígua estrada que separa o cemitério do lar, fiquei do outro lado a ver os mármores e os terríveis vultos religiosos, com aspecto de mártir nada apaziguador, e fiquei a ver as flores e apreciei o modo como iam secando decadentes e esperavam por serem substituídas. só depois dei uns passos para mais próximo, foi quando as pernas me começaram a tremer, e percebi que era impossível ainda fazer aquilo. não teria nunca coragem para entrar naquele lugar sozinho, porque na minha cabeça tal gesto levantaria cada pedaço da minha pele, queimaria cada pedaço da minha carne, e eu assustava-me como se assustam afinal as crianças que não sabem defender-se e que não dimensionam sequer a ameaça a que estão sujeitas.

o senhor pereira dizia-me que era natural, que às vezes as pessoas reagiam assim. no caso dele não foi nada semelhante, mas a relação que tinha com a falecida esposa era de tolerância e não de amor, pelo que o seu exemplo não prestava para o meu. eu passara pelo meu quarto e partira as pombinhas à mariazinha. o senhor pereira ficou incrédulo e pedia-me que lhe contasse aquilo em modos. dizia, fale-me em modos, senhor silva, não estou a perceber nada. e eu repetia, fiquei furioso e já me andavam a irritar aquelas pombinhas agarradas à nuvem onde ela está pousada. parti-as. aquilo é um nico de cerâmica que não vale nada. com uma força de dois dedos, sem dificuldade alguma, arrancam-se as pombinhas e já está. o senhor pereira soltou uma gargalhada e disse, e a sorte é não ter os pastorinhos agarrados ali também, de joelhos a rezar, sabe, é costume. e eu respondi, que pena, ia dar-me um gozo ainda maior poder desparasitar a mariazinha dessa bicheza toda. coitada da rapariga, que até lhe põem uma expressão com vontade, mas depois não reage, fica como se a casa de banho estivesse ocupada. acabei por sorrir também e gostar da minha maldade e confessei isso mesmo, ternamente honesto. gosto desta maldade, não podemos ficar velhos e vulneráveis a todas as coisas, temos de nos rebelar aqui e acolá, caramba, temos de estar a postos para alguma retaliação, algum combate, não vá o mundo pensar que não precisa de tomar cuidado com as nossas dores. e ele riu-se novamente e eu mostrei-lhe as pombinhas que trazia no bolso do casaco e ficámos ambos maravilhados. uma maravilha estúpida e descabida de maturidade, mas incontrolável e preciosa. pusemo-nos a arquitetar um plano para uso daquelas pombinhas mínimas e parvas. havíamos de as pôr a render uma vingança qualquer, um combate, como acabara de dizer. tinham de valer para mais do que serem metidas no lixo para sempre desprezadas. nada disso, não podiam ser desprezadas. tinham um valor alto no comércio da sobrevivência difícil a que estávamos condenados. éramos como perigosos, manifestamente perigosos contra o mundo.

estavam os homens a pintar e a arranjar de todos os modos os dois quartos que haviam ardido no andar de cima e andava o senhor pereira com uma pombinha na mão a divertir-se como o mais idiota dos putos. chegava-se às velhas e mostrava-lhes o que ali levava, tão perverso, e dizia, olhe, vou comer-lhe a pombinha. era tão infantil quanto inacreditável. as velhas dividiam-se entre as que se riam e as que se enfureciam, todas zangadas a levantarem bengalas no ar. ele ia de um lado para o outro perdido de riso, a achar que aquela era a quintessência da diversão, e eu adorava pervertê-lo mais do que gostava de observar a reacção sempre surpresa das vítimas. nisto o esteves apareceu por ali e quis saber que confusão era aquela, ó pereira, que tens aí, perguntava ele. e o senhor pereira abria a mão devagarinho, como se aquilo pudesse mesmo voar e escapar-lhe, e dizia, estou a comer a pombinha às velhas. o esteves riu-se e achou naquilo a estupidez necessária para não pensarem em mais nada por um bom bocado. e foram os dois à minha frente a rirem-se e a meterem-se com umas e outras, e até a porem os velhos a par do assunto, e subitamente gerou-se diante de nós um momento glorioso. a dona leopoldina, a refilona zangada por lhe terem ido sangrar ao quarto uma poça que não se sabia o que vinha a significar, mesmo ali diante do seu amado cubillas, estava a comer uns chocolates minúsculos, metidos numa caixa com pratas e fanicos de enfeite que eram uma mariquice das que gostam muito as mulheres. e o esteves sem metafísica, atiçado de hilário pelo senhor pereira, virou-se para a dona leopoldina e disse-lhe, come chocolates, marmanjona, come chocolates. e a estúpida da mulher não fazia ideia de onde aquilo vinha, nunca imaginaria o génio poético que ali perpassava naquele instante como um milagre da literatura, uma incrível epifania do que a literatura tinha de vida real. a nossa impressionante vida real.

com as rendinhas todas exigentes da caixinha de chocolates já vazia, atirou-lhe a dona leopoldina à cara, e o esteves meteu-se para trás sem querer saber e a repetir mil vezes o que dissera com o senhor pereira, come chocolates, come chocolates. caramba, era mesmo verdade que não havia mais metafísica no mundo que chegasse ao brilhante elementar daquela ideia. a dona leopoldina levantou-se atazanada como uma fera e pegou numas tralhas suas ali de uma mesinha. desviou-se de nós num desprezo profundo e passou. subitamente, no delírio do seu amuo, parou no corredor, olhou para trás a assegurar-se de que a observávamos na chacota, e coçou o rabo. sem mais, coçou o cu como se nos mandasse àquela parte, e gritou, e viva o porto. e o senhor pereira dizia, olha a malcriada a mandar-nos à merda. e era assim, a velha, com aquele rabo enorme metido com certeza numa cueca medonha, pôs a mão no lugar proibido e achou que fez uma grande coisa para sair dali como se nos tivesse dado uma lição. dizia, viva o porto. a burra da mulher gritava, viva o porto. e o senhor pereira contava-nos que o cubillas foi quem a comeu de virgem e era troféu digno de um peruano daqueles, o cu da menina, queria ele dizer. o esteves ria-se e respondia, por isso lhe dá comichão.

o américo é que nos veio deitar mão. não percebeu exatamente o que ali se passava, mas era nítido que baralhávamos as pessoas e as incomodávamos. começou a enxotarnos para que nos apartássemos e fôssemos asneirar independentemente, que juntos fazíamos uma canalhice. parecem putos, dizia ele, não zangado mas interessado em impor a ordem. não têm vergonha na cara, estes homens desta idade, parecem putos. éramos velhos tolos a trazer da tolice uma promessa de vida qualquer. mais tarde tranquei-me no meu quarto, encarei a mariazinha a estragar-se e chorei. a vida não era nada do que devia ser. não respeitava a minha dor e qualquer coisa que se passara naquele dia só me devia mostrar que não podia, não devia, ser conquistado pelo devaneio de festa alguma. a mariazinha, obviamente, não intercederia por mim nem me responderia, coitada, não podia sequer desviar os olhos para onde eu me estendia na cama. eu devolvi-lhe uma das pombinhas. depositei-a como morta sobre a mesa de cabeceira. não significava nada, apenas que não era mais divertido. que a morte não era divertida e que estávamos todos a morrer, disso é que precisava de me lembrar. o que pensaria de mim a laura. capaz de me entreter ao invés de secar o corpo à fome, obrigá-lo a abdicar de me suportar. que maldição, porque não haveria de obedecer à minha vontade de acabar. quando o américo me veio ver, sentei-me sem lhe esconder as lágrimas. devo ser o mais piegas dos velhos do lar, disse eu. não é verdade, senhor silva, há mais quem chore, e até eu choro, como não se há de chorar se as lágrimas nos caem dos olhos mesmo contra a nossa vontade. e eu confessava que só a morte me traria o sossego. e ele queria dizer outras coisas, motivar um velho de oitenta e quatro anos para mais um dia. mas não lhe saía nada. ao invés disso, reparou na mariazinha, no aparato infantil que ali estava criado, e viu a pombinha ridiculamente tombada aos seus pés. entreolhámo-nos. eu ainda de cara molhada e ele escuro, afundando-se lá nos seus pensamentos tristes e insondáveis. e subitamente sorrimos. a mariazinha perdeu as pombinhas, disse eu. ele respondeu-me, mãe do céu, o desrespeito que vai neste quarto, ó senhor silva, ainda nos vende a alma a todos para o inferno. acha, perguntei. você é um homem terrível, senhor silva, terrível. e eu voltei a sorrir de tal modo que sorrimos os dois e ficámos quase contentes. vivemos num mundo que despreza as provas e prefere gerir-se pela especulação. que quer dizer com isso, perguntou-me ele. que a mariazinha só me prova que é uma estátua, mais do que isso é especulação. e ele quis saber por que haveria eu de lhe chamar mariazinha. ui, ui, comecei eu, não é um pecado muito grande, pois não, rapaz, é que assim ficamos mais amigos. o senhor silva quer arranjar um inverno dos bons, é o que é. está a sondar as coisas mais perigosas, faz com que tudo fique mais difícil. eu queria mesmo era ir ao cemitério, não sei, ver como aquilo é afinal. não é que não saiba, mas não sei como é depois de lá ter a minha laura. ele levou a mão ao meu ombro. eu sei que ali só estão as pedras, a terra e os bichos que desfazem tudo, mas sinto o estranho medo de pensar que vou encontrá-la. vou encontrá-la fisicamente, quem sabe já desfigurada como um monstro irreconhecível num livro de terror. como se se tivessem esquecido de a cobrir com a terra. porque a sua morte me aterroriza. não passa, américo, não passa. a morte dela não passa. o américo esperou uns segundos por que me acalmasse. procurou um silêncio limpo como uma folha muito limpa onde pudesse escrever uma frase mais digna e disse, um dia essa saudade vai ser benigna. a lembrança da sua esposa vai trazer-lhe um sorriso aos lábios porque é isso que a saudade faz, constrói uma memória que nós nos orgulhamos de guardar, como um troféu de vida. um dia, senhor silva, a sua esposa vai ser uma memória que já não dói e que lhe traz apenas felicidade. a felicidade de ter partilhado consigo um amor incrível que não pode mais fazê-lo sofrer, apenas levá-lo à glória de o ter vivido, de o ter merecido. tenho até inveja de si, senhor silva, porque eu tenho trinta e um anos e estou por aqui solteiro, já não vou a tempo de ter cinquenta anos de uma grande paixão.

    esse era o segredo que só o tempo guardava. só o tempo revelaria tal milagre. o tempo, e a sensibilidade de quem via o tempo diante dos olhos a acabar-se a cada dia.

capítulo
sete
**herdar
portugal**

nós fizemos tudo pela igreja porque as convenções, à época, eram muito mais rígidas do que aquilo que a frescura da nossa juventude nos permitia almejar. ainda nos marcavam as heranças castradoras de uma educação com idas à missa, mas, sobretudo, uma dificuldade em cortar com o que os outros esperariam da nossa conduta. de todo o modo, a laura descobriu rapidamente aquele gozo universal das noivas, aparecendo de branco e deslumbrante entre folhos e camadas de tecidos como um bolo feliz, dando o braço ao pai e percorrendo o caminho até ao altar no sorriso mais fascinado de todos. e depois dissemos que sim e assinámos tudo com alguma aceleração. pedimos encarecidamente uma cerimónia breve que condissesse com a urgência de nos unirmos e nos pertencermos. o padre viu a coisa pelo lado romântico e abençoou-nos entusiasmado com a nossa alegria. de seguida, ficámos com a família e uns poucos amigos a gastar o dia em cumprimentos e risos, comezainas e telefonias ligadas para saber como ia o futebol do domingo. estávamos em mil novecentos e cinquenta.

ainda hoje ouço os velhos comentarem que o paizinho fez tudo para que o benfica personificasse a glória da nação. era como ter um exército do desporto, uma seleção, pois, que fora constituída e adotada por coração depois do erro que fora esperar do sporting tal coisa. o regime orgulhava-se do plantel com as importações africanas, quando ainda a europa não percebera vantagem em ir buscar negros para reforço das suas equipas. e todas as pessoas passaram a ser benfiquistas encurralados, o que significava que eram benfiquistas porque a oposição já não era nenhuma e todos queriam adorar campeões, e era ver o entusiasmo do ditador com o futebol dos encarnados. um futebol do eusébio, todo nosso, maravilhosa pantera do caraças a correr para o mérito dos portugueses. eu, que sempre fui portista, gostava do eusébio como era impossível não gostar. gostava dele em grande e estava, claro que pelo coração, do lado do paizinho e isso propunha atenuar consideravelmente as minhas desconfianças, nem sempre lúcidas, acerca do regime. porque ficava o porto para uma paixão local, e o benfica para o esplendor nacional, como pareciam ser equilibradas e correctas assim as coisas.

mas em mil novecentos e cinquenta as coisas não estavam ainda tão definidas, é isso que tento dizer. o certo e o errado eram difíceis de discernir. pois o benfica ainda não se fizera o glorioso, nem salazar parecia ainda o estupor que o povo pudesse reconhecer cabalmente. não sabíamos nada. havíamos passado ao lado da guerra e parecia que a vida se protegia no país das quinas, igual a termos uns muros nas fronteiras, um peito viril erguido contra malandros estrangeiros. e foi assim que nos casámos. cheios de vivacidade e entrega ao futuro num país que se punha de orgulhos e valentias. quando as crianças daquele tempo estudavam lá la ri lá lá ela ele eles elas alto altar altura lusitos lusitas viva salazar viva salazar, toda a gente achava que se estudava assim por bem, e rezava-se na escola para que deus e a nossa senhora e aquele séquito de santinhos e santinhas pairassem sobre a cabeça de uma cidadania temente e tão bem-comportada. assim se aguentava a pobreza com uma paciência endurecida, porque éramos todos muito robustos, na verdade, que povo robusto o nosso, a atravessar aquele deserto de liberdade que nunca mais acabava mas que também não saberíamos ainda contestar. havia uma decência, com um tanto de massacre, sem dúvida, mas uma decência que criava um porreirismo fiável que incutia em todos um respeito inegável pelo coletivo, porque estávamos comprometidos em sociedade, por todos os lados cercados pela ideia de sacrifício, pela crença de que o sacrifício nos levaria à candura e de que a pureza era possível. íamos ser todos dignos da cabeça aos pés. tínhamos ainda palavra de honra. que coisa tão estranha essa da palavra de honra. chegar a um lugar, dizer com ar grave que tal promessa era por nossa honra, e todos estremeciam, porque se manifestava o mais sagrado que se podia ser. ninguém duvidava de tal verdade nem menos gozava.

viva salazar viva salazar maria imaculada mês de maio mês dos lírios e das rosas mês de maria coração de maria, dai-nos o vosso amor santa maria.

eu e a laura começámos por pensar que nada nos faria mal. que a custo nos tornaríamos úteis na máquina social e estaríamos abrigados num teto onde os nossos filhos nascessem com os nossos nomes portugueses e orgulhosos. começámos por achar que até da igreja adviria uma benignidade tranquila e natural. por isso nos acercávamos mais da vida religiosa e tentávamos acreditar que aquela especulação das almas e o improvável do invisível serviriam para nos levar a uma melhor humanidade, onde se erradicassem erros profundos que resultavam em atrocidades inaceitáveis. eu e a laura assistíamos às missas de domingo, muito esperançados na ideia de que começar uma vida a dois seria melhor assim, com as bênçãos sagradas, e aqueles crentes todos em nosso redor, com cara de quem nos ajudaria por ofício de fé, com ar de quem gostava de nós e se preocuparia com as nossas misérias. e nós gostávamos deles.

aprendi tudo ao contrário depois. ser religioso é desenvolver uma mariquice no espírito. um medo pelo que não se vê, como ter medo do escuro porque o bicho-papão pode estar à espreita para nos puxar os cabelos. esperar por deus é como esperar pelo peter pan e querer que traga a fada sininho com a sua minissaia erótica tão desadequada à ingenuidade das crianças. o ser humano é só carne e osso e uma tremenda vontade de complicar as coisas. eu aprendi que aqueles crentes se esfolavam uns aos outros de tanto preconceito e estigmatização. e aprendi, no dia em que perdemos o nosso primeiro filho, que estávamos sozinhos no mundo. atirados para o fundo de um quarto sem qualquer ajuda. e eu ainda fui pedir ao padre que nos fizesse chegar a um hospital, que fosse rápido, porque as águas tinham rompido e a laura não se mexia. não temos carros neste bairro, dizia-lhe eu, é um bairro pobre, ninguém tem dessas máquinas. mas, como está, não há parteira que lhe pegue. está a sangrar, padre, a laura está a sangrar do nosso filho. e o homem disse umas quantas vezes que tudo estaria na vontade de deus e queria com isso afirmar que correria bem. era para que eu não me preocupasse. e depois foi lá ele com duas velhas e não se pensou em nenhum carro. o nosso filho já estava no colo da laura e ela estava sem sentidos, afastada pela dor de permanecer com os olhos abertos sobre o silêncio mortal do bebé.

não foi culpa do padre, nem da igreja e nem de deus. foi só o triste acaso de sermos miseráveis num país de miséria que não esperava de nós mais do que o brio e o sacrifício mudo. havíamos sacrificado o nosso primeiro filho, e saído com duas moedas no bolso que pagariam quatro ou cinco sopas e nos deixariam para o resto do mês à deriva da sorte.

começaram os outros a benzer-se e a rezar e levaram-me para uma cadeira onde me estenderam o crucifixo que tínhamos sobre a cómoda, e esperaram que deus, ou o peter pan, entrasse na minha vida com explicações perfeitas sobre o que sucedera. esperaram que a vida se prezasse ainda, feita de dor e aprendizagem, feita de dor e esperança, feita de dor e coragem, feita de dor e cidadania, feita de dor e futuro, feita de dor e deus e salazar.

naquele dia o mais importante de tudo era salvar a laura. à revelia do catolicismo, eu preferia abdicar de um filho que não conhecera para continuar partilhando a minha vida e crescendo como indivíduo ao lado da mulher que trazia definição a todas as incompletudes do meu ser e as colmatava. eu queria mesmo a laura muitos pontos acima daquele filho que se perdia para sempre. e nisso tive sorte. pousei aterrorizado o crucifixo na cómoda novamente e aproximei-me do mulherio que debicava a minha esposa. quis saber se a mantinham viva, se já lhe haviam desligado o cordão para que se autonomizasse à morte e ficasse inteira do lado imenso da vida. e assim foi. a laura levaria umas horas a recuperar os sentidos e a vislumbrar o meu sorriso triste mas inequívoco. ganháramos nós. nós dois. o lugar já amadurecido do amor. o lugar em exercício. e ela chorou e aceitou, como eu, que nos faríamos mais fortes e cortaríamos caminho pelo tempo fora com garras mais afiadas. que nada do que nos haviam dito nos preparara para aquela tragédia, e nada do que nos diriam haveria de voltar a iludir os nossos intentos, os nossos gestos.

durante muito tempo, portugal foi um país cujas crianças nasceram em frança. tantas, caramba. e eu pensava, já ali por mil novecentos e sessenta e dois, que em frança estaríamos a salvo, escapando da fome e do jugo de um trabalho sem retribuição suficiente para um raio de sol por dia. mas os nossos sonhos de frança nunca iriam a lado algum. não sabíamos quem nos traficaria em segurança e, honestamente, não tínhamos suborno que se visse e, pior ainda, não havia coragem para entrar matos adentro e a laura acabara de engravidar novamente. não podíamos ir a salto para frança, como não podíamos correr risco algum de que aquela nova criança padecesse também. quando a laura pariu, torturada de expectativas, a nossa elisa nasceu na felicidade e na frustração. podias ser francesa, elisa.

podias ter sido francesa, embora nos dê um orgulho tão grande a resistência que te permitiu ser portuguesa e, assim, herdar portugal. portugal é teu, minha filha, é teu, mesmo assim difícil de compreender.

e o plantel do benfica estava com o eusébio e com o yaúca, com o costa pereira e o josé águas, com o santana, e o grandioso coluna. e foram lixar o real madrid vencendo para nós a taça dos campeões europeus e alardeando por toda a parte que quem não era do benfica não era bom pai de família. não queríamos ser franceses, queríamos que os portugueses fossem mais felizes. isso é que era, e que se fodessem os espanhóis e o general franco que era uma merda como a que aturávamos nós.

a laura dizia que voltaria a casar pela igreja só para ter direito a vestir-se de bolo feliz e ao cântico coral que imitava a passarada na reverberação incrível do recinto. que beleza tão grande a de iludir quem ali se ajoelhava para dizer o sim. era como entender que tudo se fazia de modos divinos, sem dúvida. nós ríamo-nos disso, anos mais tarde.

como guardávamos, de mil novecentos e cinquenta, o livro do eugénio de andrade, os amantes sem dinheiro. o vitorino nemésio dizia que era um grande livro e nós, apaixonados, metidos num amor e numa cabana que parecia sustentar tudo, porque também dos nossos dedos haveriam de nascer pássaros e ainda muito, muitíssimo, deslumbre. se voltássemos a casar, laura, o eusébio era o padre. só assim, só assim. e para um portista dizer tal coisa significava que ele era realmente incrível e que o regime se nos metia pela pele adentro como um vírus. ficávamos sem reacção, íamos pela vida abaixo como carneirada, tão bem enganados.

capítulo
oito
**o
silva
da
europa**

você não é muito lúcido, ó senhor silva, não é mesmo, dizia-me o silva da europa. ai que filho da mãe de homem, o que está você aqui a fazer, perguntava eu. ui, que modos, não me diga que isto vai para aqui uma revolução da malcriadice, acrescentou ele. nas cadeiras do pátio, lá fora ao sol como andávamos nós, os da casa, estava aquele cristiano mendes da silva, o papagaio falante do hospital, o silva parvo. isso não pode ser posto dessa forma, o regime tem muito que se lhe diga, e você é um portista muito fraco, para ter apreciado assim o eusébio, sinceramente. e eu insistia, ó homem, mas você está aqui na conversa há não sei quanto tempo e não me diz o que cá veio fazer. e ele encarou-me com um sorriso insuportável nos lábios e respondeu-me, então, vim para cá como os outros, passa a ser a minha casa, não é normal. e eu afligi-me como se me desse um ataque de coração. ó santos de quem não tem santos, mariazinha da minha vida, digam-me que a minha velhice não vai ficar ainda mais difícil. mas você é um rapaz novo, tem muito para andar. nada disso, já me reformei, e a gente quer mordomias de hotel é quando ainda as aproveita. não vou ficar trancado em casa sozinho a varrer o chão e a fazer sopa, ó senhor silva, pense lá bem. já fiz sessenta e seis anos, pode dizer-se que estou na terceira idade. venho para aqui como hóspede com juízo, para variar, não é. e você é um comunista esquisito, ora confesse lá.

 sempre odiei que me chamassem comunista porque sempre quis afastar-me da política. primeiro porque achava que a política estava entregue, depois porque achava que não me deixariam participar, depois porque tinha medo de participar, e depois porque passara a acreditar que quem lá se metia era porque se corrompia de tanta coisa que, afinal, não era ser-se bom homem o ser-se político. e o silva da europa pôs-se em prantos e disse-me, mas você fala num politiquês constante. e eu neguei. tinha sido só um modo de lhes contar a minha vida, o que me importaram as coisas e como tinha feito as minhas opções. mas não me chame comunista, homem, não me chame nada senão silva, que já me basta ser como mato a grassar pelo país fora, não se lembra. e ele dizia, então não lembro, perfeitamente, se somos todos silvas e estamos explicados até ao tutano. lembro-me mais que bem. e não se irrite, eu percebi a sua história e a da sua senhora, não era para ofender, é que me custa ficar para aqui a engolir essas coisas do benfica e a sua ingenuidade para com o regime. a mim nunca me fascinou o eusébio, filho da mãe, a vir para aqui meter golos. ele queria ter ido embora, e era terem-no deixado ir, que aí é que estava bem. não deixaram e ficou aí a estuporar o porto. ó senhor silva, estuporar o porto é sempre uma coisa má. eu nem sabia se havia de sorrir. valia-me a chegada do senhor pereira que se sentou e perguntou quem era o novo amigo. uma pergunta difícil pois no imediato quase abri a boca para dizer que era o silva da europa, o filho da mãe do papagaio falante. e o senhor pereira insistiu, mas é ainda um jovem, tão cedo aqui metido a ver as paredes brancas, você é um homem de coragem, ó senhor cristiano. chame-me silva, dizia ele. isso é que não pode ser, silva já é aqui o nosso amigo. e o parvo retorcia-se, mas isso dos nomes não é algo a que percamos direito, ó senhor pereira. eu também sou silva, não faz sentido que me ponham a ser chamado de outra coisa. e então o senhor pereira sorriu tão ameno como sempre parecia e defendeu-se, não é por isso, caro amigo, é porque quando os quisermos distinguir vai ser mais complicado, e eu sou um homem habituado a simplificar a vida, e ainda lhe digo que, para a verdade, também eu sou silva, álvaro silva pereira que é para não achar que tem alguma coisa que eu não tenha, como a razão. ficámos quietos um segundo só, outros novos rostos passavam por ali com o doutor bernardo a dar-lhes explicações. não nos foram apresentados. o silva da europa distraiu-nos voltando ao mesmo assunto, o fascismo. colega silva, ainda está cá dentro, é muito difícil tirarmos das ideias a educação que nos deram de crianças. podemos ser todos inteligentes como super-homens, adultos feitos à maneira e pensantes livremente, mas a educação que nos dão em crianças tem amarras para a vida inteira e, discretamente, aqui e acolá os tiques fascistas hão de vir ao de cima. já nem nos damos conta. o senhor pereira interrompeu-o e disse, ó senhor cristiano, você fala de cada coisa, você relaxe, homem, relaxe. e eu levantei-me e fui buscar um casaco. estava a ficar uma tarde fresca e sempre tive pouca resistência à mudança de temperatura. vai a fugir, dizia o da europa, não me leve a mal, estou a falar de mim também, e olhe que sou muito mais novo do que você. na porta, quando entrava do pátio para o salão, esbarrei com um indivíduo de olhos grandes e cheios de luz. esbarrámo-nos e ele disse, boa tarde, senhor, chamo-me anísio franco, venho para cá viver. eu pus os olhos adiante e desviei-me sem resposta. estava de papo cheio de caloiros, estava fumegante da paciência. que se lixasse lá o anísio franco dos olhos de luz.

mas o anísio franco foi a grande aquisição do feliz idade. estava com oitenta e dois anos, sofrera um ataque de ansiedade qualquer que lhes pôs uns problemas no coração nuns exames de chapa escura, e os médicos acharam que ele precisava de não se enervar e de parar com as tarefas malucas que ainda desempenhava. juntámo-nos todos, na tarde seguinte, no lugar de sempre, e eu passei a sentir uma enorme compaixão por aquele homem. falava ainda com um entusiasmo que já não se via em ninguém. queria acreditar que a saúde não lhe faltaria e que poderia concretizar tantos projetos. e eu pasmava diante dele porque não concebia o que era chegar àquela idade e ter projetos. o meu projeto era esquecer tudo, era protestar contra a morte da laura convencendo-me de que, depois da morte de alguém que nos é essencial, ao menos a memória do amor deveria ser erradicada também. e ele abanava a cabeça negativamente e sorria. nada disso, senhor silva, nada disso, o que me faz correr é sempre o mesmo, uma vontade de saber mais e o de deixar contado às pessoas, nos livros, sabe. deixar nos livros aquilo que se descobre, porque um livro, com o que contém, pode ser uma fortuna eterna. e eu abanava que sim com a cabeça. aquilo sim, eu compreendia. adorava os livros e não me furtara ao exercício de os ler. e o homem estava ali tão bem, como a pedir mais vida, porque lhe faltavam não sei quantas páginas desse livro sobre coisas da história de portugal que ele entendia ser felicidade bastante para deixar aos outros. já viu como seria o mundo se todos deixássemos algo que preste, por pouco que seja. e o silva da europa perguntava-me, ó senhor silva, mas você não chegou a contar afinal o que fazia da vida. e eu hesitei. não queria voltar a falar de mim. acabavam aqueles rodeios sempre em morais para a minha vida e eu estava farto de padres para uma conduta que só a mim dizia respeito. estava farto de análises e conclusões sobre o que instintivamente se resolveu do meu destino. porque sobretudo era o instinto que me dava inteligência ou não para sobreviver. mas depois respondi, fui barbeiro. era ajudante de barbeiro quando casei. e em sessenta e três, depois de ter nascido a minha filha, o meu patrão ordenou-me que virasse mestre. mandou-me abrir a minha própria barbearia. e você, perguntou o senhor pereira. eu abri, com um empréstimo que ele me fez e que paguei em alguns anos. já não se fazem pessoas assim, dizia o da europa, assim dessas que nos observam a vida e tomam conta como se responsáveis. é uma responsabilidade social, está a ver. o estupor do regime tinha essas coisas, púnhamo-nos todos a olhar uns pelos outros. não diga asneiras, disse o anísio, isso era quando era, que já dos lusíadas nos vem a inveja, e não se mudam essas coisas do sangue de um povo. mas o nosso camões não havia de ser o bandarra e naquilo não colocaria uma profecia nem lhe dava para visionário. e o bandarra o mais que viu também foi nevoeiro. pense bem, foi um nevoeiro que lhe tolheu as adivinhações. não adivinhou nada, é o que é. adivinhou o raio que o parta. era mais um poeta. e o anísio ria-se e dizia, tem razão, escrevem para aí umas porcarias e a gente fica séculos a vaticinar por especulação. não me fale em especulações, disse-lhe eu, que já não posso com hipóteses e avanços experimentais. se eu pudesse ter estudado, por mais gosto que tivesse pela literatura, havia de ter sido um homem da ciência. assim tudo branco no preto, ou preto no branco, ou é ou não é. e o silva parvo delirava com a conversa e acrescentava, íamos todos para cientistas fazer o bem dos homens, progredir. íamos todos progredir. que merda de palavra, o progresso. e o sucesso e tudo quanto o capitalismo usa para nos pôr a competir uns com os outros. e depois o senhor pereira volveu, ó senhor silva, mas não nos contou o fim, virou empresário, foi o que foi. e eu disse que sim. virei empresário pequenino. uma barbearia bem gerida vai dando um dinheiro suficiente para uns trapos e umas quantas regras bem definidas. eu tinha uma filha professora de geografia e um filho professor de finanças que até se arranjou para a grécia, não estava nada mal para uma vida de trabalho paga com pobreza poupada. estava compensado pelas minhas forças, tinha trabalhado o necessário para chegar a velho com autonomia e equilíbrio. o silva da europa acrescentou, e poeta, confesse lá, você tem uma alma de poeta, havia de ter escrito uns poemas e de ter mostrado ao eugénio de andrade quem amanteigava os corações aos portugueses. para mim era uma vergonha estar com aquelas considerações. os meus poemas, perdidos em papéis que o tempo reciclou, eram destituídos de capacidades, eram só como desejos intensos e iludidos de ser algo a que não chegavam. não havia nada a fazer. e arreliava-me que me pudessem catalogar assim, por esse lado sensível. como se me pusessem mais delicado, mais fraco. amanteigar os portugueses, que imagem cretina. porra, não tenho pela poesia mais do que um respeito devido, protestava eu, não quer dizer que seja poeta ou que o tenha querido ser. fui barbeiro, e li livros, como deviam ler todas as pessoas para ultrapassarem a condição pequenina do quotidiano e das rotinas. não é por isso que perco a minha condição de risco, como qualquer outro homem, uma qualidade de perigo. ficaram todos os três boquiabertos com a minha fúria. o anísio acrescentou, havia de me ter aparecido no museu, dava-lhe logo emprego a apaixonar-se pela nossa história. eu, por um segundo, pensei como teria sido a minha vida se tivesse vivido em lisboa. passava a ser um homem da capital, a superar os males nossos de cada dia até pensar globalizado e cosmopolita. assim, confessei, fiz uma cabeça de periferia, paisagista, um pouco ao largo das coisas, longe de ter influído nas decisões. a minha história é a de todos os homens. não é história nenhuma, não tem novidade. passei nenhum heroísmo senão o de ter chegado a velho e apaixonado, que muitos não o conseguiram e talvez o tivessem querido tanto quanto eu. encarei o anísio dos olhos de luz e disse-lhe, desculpe-me aquilo de ontem. fui um malcriado, como sou às vezes. não é que não o quisesse cumprimentar, mas estava, enfim, estava com frio e fui buscar um casaco. depois já não desci. cansei-me e deitei-me um bom bocado. ele sorriu e desculpou-me imediatamente. não tinha importância. e não tinha mesmo. fora um equívoco infantil e já passara.

o senhor anísio franco tinha sido conservador do museu nacional de arte antiga. sabia que nos painéis de são vicente havia um indivíduo parecido com salazar. mostrou-nos uma fotografia e dizia, que pena não estarmos com os originais diante dos olhos, porque se prestassem bem atenção percebiam que todas as tábuas estão lisas e calminhas de tintas e amadurecimento. mas aquela, exatamente no rosto de um homem como outro qualquer, há um quê de salazar, e apresenta assim uma trapalhice nas tintas, um atabalhoado que parece indicar que alguém andou para ali a fuçar para alterar o original e obrigá-lo a parecer um homem que não devia ser. há uma mitologia em redor dos painéis que diz que os grandes homens portugueses se vão assemelhando com aqueles rostos. a fisionomia lusa toda ali identificada e prevista em rostos de grandes estadistas. e o salazar não ficaria de fora pela coincidência sinistra de a bruxice do nuno gonçalves não lhe ter chegado. o anísio ria-se e repetia, é que para ali se contava que o ditador se tinha posto a sós com os painéis e arranjou um pintor que o metesse na história à força. está a ver como era o outro ser tirado da fotografia, perguntava o anísio, e depois respondia, pois, este foi ao contrário, queria entrar no quadro. esta gente do poder faz coisas que são uma porcaria. mas é divertido, ou não lhes parece. nós pasmávamos a passar para trás e para diante o livro que nos trouxera e onde os painéis se viam a cores. não era muito parecido ao salazar aquele sujeito em pé, ali para o lado esquerdo do conjunto, mas tinha um quê de sinistro que podia ser uma reminiscência do ditador. abríamos os olhos e o silva da europa era quem mais regozijava com tudo aquilo. achava que era uma contaminação fantástica e dissertava sobre a teoria da conspiração. tudo contamina tudo, tudo padece. e o senhor pereira dizia, sim, já é velho que na natureza tudo conspira e mais, senhor cristiano, e mais. e ele respondia, chamo-me silva, está a ver, uma coisa tão simples e você apenas complica. e eu, só para infernizar a conversa, perguntava se não teria sido o próprio almada negreiros a pôr ali o outro. caramba. mexer no almada negreiros, esse génio. era uma brincadeira, dizia eu. era só uma brincadeira. que o homem tivesse descortinado a disposição dos painéis era uma coisa, mas ter sido funcionário do regime àquele ponto, isso é que não. o anísio até se levantava da cadeira a defendê-lo e eu percebi que ambos o adorávamos, o que era só mais uma das coisas boas que aquele homem trouxera para os meus dias. pronto, podemos colocar outras hipóteses, mas deixemos que se esqueçam os compromissos do almada com salazar. todos nós tivemos compromissos. todos nós. e o anísio dizia, ó senhor cristiano, eu também sou anísio da silva franco, que é para aprender como somos muitos. e o da europa bufava, ui, mais um, e ainda por cima acha que não sei.

 subitamente ocorreu-me que não faláramos ao anísio acerca do grande figurão do lar. era imperdoável que estivéssemos em deambulações havia tanto tempo e não nos houvéssemos lembrado de que também no lar da feliz idade havia mitologia viva e pronta a abrir bocarras de espanto. o esteves. o elegante e eterno esteves sem metafísica que vivia ainda, falando e contando as suas aventuras como se os livros aumentassem. como se a tabacaria e o álvaro de campos e o fernando pessoa tivessem uma continuação. o anísio não acreditou imediatamente, como era de esperar. pensava que lhe enfiávamos aquela para desprezarmos o brilharete que fizera com o são vicente. nada disso, ó anísio, é verdade, caramba, temos de ir buscar o homem. ó senhor pereira, você é que costuma saber onde ele se mete. eu. sei tanto quanto você. deve estar metido no quarto. mas ele não rodou agora, perguntei eu. não sei. deve estar zangado, se rodou, porque ele ainda anda esticado, não precisa de ajuda para nada e não ia gostar de estar a ver o cemitério. e eu pensei que o joão esteves, um eusébio da nossa poesia, a nossa senhora de fátima dos versos, havia de estar derrotado se o tivessem mudado para o lado dos que já não viam o jardim e urgiam para a morte. tem quase cem anos, disse eu. ó esteves, mas afinal você tem que idade. e ele respondeu, agora já é difícil contar, mas devo fazer cem anos, não sei bem se já fiz noventa e nove. e o senhor pereira intrometeu-se e disse, noventa e nove já fez, esteves, já fez que disso lembro-me eu. da próxima faz cem. e ele respondeu, pois, se calhar é. deve ser. o senhor pereira disse, ó senhor silva, os noventa e nove do amigo esteves foram já consigo no lar. e eu respondi, não me lembro. não soube de nada. e ele acrescentou, foi no tempo em que andava aí mais de tromba, ainda não via muita coisa. o anísio calara-se subitamente chocado. era exatamente como ler a tabacaria parte dois, ou frequentar a tabacaria e estarmos oitenta anos antes a confraternizar com os génios numa das histórias mais históricas da nação. que paulada na cabeça, dizia o anísio, como é que você andou por aqui estes anos todos e tanta filosofia literária nas universidades e escolas do mundo não o detectaram. e ele encolheu os ombros e respondeu que era natural. não escrevera ele uma linha, e nem sequer esperava que fosse um bom poema o que o outro escrevera, lembrava. não me vinha à cabeça que um poema sobre alguém que se cumprimenta numa tabacaria pudesse ser coisa grande. eu ainda frequentei muito o estabelecimento do senhor alves. mas depois ele morreu. não passaram tantos anos assim, não, foi logo a seguir. e falava-se pelo bairro que o doutor pessoa sentira a sua morte, e eu acredito nisso. nunca lho perguntei, que ainda o vi umas quantas vezes, mas não lhe perguntei nada sobre nada. era um indivíduo metido lá com ele e eu não tinha discurso para uma conversa com alguém assim. dizia-lhe boa tarde e ia embora e às vezes, sinceramente, até sentia que me tinha roubado algo. sei lá, algo. porque não imaginava o que ele escrevera sobre mim e parecia-me aquilo como se criasse uma intimidade com a minha pessoa sem me pedir autorização para tal. eu não era maricas, nem tinha medo de ninguém, mas impunha-me respeito o ele ser doutor e eu ter-me habituado a passar ao lado sem o incomodar. nunca ultrapassei aquela fronteira. fui covarde e tenho pena de não o ter feito. em mil novecentos e trinta e três saiu a tabacaria na própria capa da revista presença. imaginem. cinco anos depois de ter sido escrita. era o meu poema, a tabacaria na capa da maior revista de literatura portuguesa, dirigida com importância pelo josé régio. eu só soube já em trinta e quatro. e depois o fernando pessoa morreu em trinta e cinco. senti-me afundado na metafísica. não sabia se havia de protestar por me ter mentido ali vertido como um homem sem profundidade, ou se havia de o abraçar pela maravilha de dizer coisas assim, coisas tão interiores como se fossem de ser vistas. e eu tinha razão. havia uma intimidade entre nós, uma ligação para sempre, que me haveria de colocar um pouco nas mãos daquele homem. como se dominasse algo em mim, o orgulho talvez. esse paradoxal orgulho de me ter dirigido o olhar, de me ter querido num verso seu, e ao mesmo tempo me ter desgraçado, porque a partir de então não pude mais sonhar com ser vago e feliz. a vida tinha sido, e havia comprovadamente de continuar a ser, um rol de violências sobre as quais ergueríamos infindáveis noites de insónia. o fernando pessoa havia morrido e o poema ficou para sempre a fazer que éramos amigos, com aquele cumprimento no fim, como regozijando por me ver. uma mentira qualquer, ou não, que em todas as vezes que nos vimos não lhe deu para me chamar ou agradar.

capítulo
nove
o
**tempo
não
é
linear**

o cemitério é o lugar de uma incómoda vida. acusa uma vida no limiar do perceptível que acontece aos olhos de quem se habitua ao movimento quase nenhum. o gasto do lugar morto de cada pessoa, o desbotado das fotografias ao sol que já não mostram cor e afundam os rostos no papel lentamente como a irem-se embora. há uma manifestação mínima que é como a comunicação possível com quem já não comunica, com quem já não existe mas deixa uma pobre memória ali materializada do que foi. é apenas mais um aspecto tolo do que ali se pode perceber, porque a verdade do que se passa é que no inerte subsolo o que acontece só se compara com o apocalipse de todos os sentidos até à cessação da mais ínfima graça de se ter estado vivo. não há um silêncio apaziguador das lajes, que ideia estúpida, seria uma esperança inútil que a morte fosse o lado da aragem que passa por cima dos túmulos a espanar as flores murchando. as flores murchando, cortadas, arrancadas de suas raízes como involuntariamente também sacrificadas em louvor de alguém.

que esperança tola que a morte fosse aquilo. mas não. a morte é mais o aprumado das campas como mesas postas ao contrário. mesas servidas a convidados nenhuns que, sem licença, desenvolvem uma avidez sem limite que liberta a alma até ao mais último fumo. para nós está ali apenas a estagnada imagem perfumando-se. e eu não faria ali nenhuma opção para as coisas mínimas do depois. não me deixaria seduzir por escolher uma flor, um epitáfio, uma fotografia em que parecesse mais alegre e convidasse os passantes a apiedarem-se do meu fim e talvez a lamentarem que tão simpático rosto estivesse eliminado. eu não permitiria que o depois fosse esse folclore absurdo, se o que me interessava era aceitar um problema grave com o tempo. aceitar que apenas a gestão do tempo pode fazer-nos escapar à loucura. e a alma era algo que eu dizia como quem não dizia nada. nunca o diria a sério. era apenas uma imagem. uma metáfora para embelezar um discurso áspero e difícil de fazer.

andar pelo cemitério é a última coisa de velho a entrar-nos na cabeça. é o que verdadeiramente nos torna velhos sem regresso, diferentes dos outros humanos. afeiçoamo-nos à morte. é como se fôssemos cortejando a confiança dessa desconhecida, para nos encantarmos, quem sabe. ou para percebermos como lhe poderemos escapar ainda. coisas diversas e complementares, porque os nossos sentimentos vão oscilando entre uma necessidade de ultrapassar o impasse do fim da vida, e o trágico de que isso se reveste. a coragem tem falhas sérias aqui e acolá. e nós, que não somos de modo algum feitos de ferro, falhamos talvez demasiado, o que nem por isso nos torna covardes, apenas os mesmos de sempre. os mesmos vulneráveis e atordoados seres humanos de sempre. tanta cultura e tanta fartura e ao pé da morte a igualdade frustrante e a mesma ciência. sabemos todos rigorosamente uma ignorância semelhante. e assim não há quem aponte um caminho mais fácil, mais interessante das vistas, mais proveitoso, mais acompanhado, um caminho disparatado que é partir sem na verdade se sair do lugar.

vamos ficando acostumados a estar por ali pelo cemitério, naquele sossego característico em que se deixam aquelas coisas. e começamos a prestar atenção aos sinais. começamos por ler as placas, ver as fotografias, reconhecer quem já está para ali debitado. relembramos pessoas e pensamos em como foi, afinal, tão fácil vivermos esquecidos delas e como se torna tão cruel que assim seja. vemos os seus retratos, recordamos a simpatia dos momentos em que coincidimos, e depois medimos a distância a que estamos desses momentos, dos sentimentos e, sobretudo, da memória. e percebemos que não nos recordaríamos daquela pessoa não fora o acaso de a reconhecermos naquela definição horizontal, já sem poder escapar. e o que será isso senão uma crueldade dos caminhos da vida. uma crueldade do deve e haver da vida. uma crueldade do comércio afetivo de que somos capazes. incapazes de conservar tudo e todos, incapazes de sermos por tudo e de sermos por todos.

o lugar onde a laura está é igual aos outros. não tem nada de especial e se eu não a conhecesse não conseguiria convencer-me de que ela mereceria melhor. nenhuma coisa na minha dor estava à espera de que existisse um reclame luminoso a sinalizar onde se desfazia o amor da minha vida. mas foi para mim estranho constatar isso. que a laura sepultada era exatamente igual aos outros que por ali abundavam. perdera a capacidade que tinha de se fazer naturalmente notar numa sala. quando entrava, todos pressentiam a sua presença e procuravam-na. percebiam imediatamente a sua energia fulgurante, uma beleza interior que se extravasava na postura e numa disponibilidade assinalável. ali não. sob as pedras brancas ficava como sob outras pedras brancas ficavam os outros. uma injustiça talvez para com o que fora em vida. e por isso não seria de espantar que o seu túmulo tivesse um aparato todo outro, a explicar às pessoas a diferença entre os mortos. mas era saudade minha. só uma saudade minha. qualquer outro visitante do cemitério sentiria o mesmo se porventura se desse ao lirismo habitual dos meus devaneios.

retirei o papel infantil que colara à estatueta da nossa senhora de fátima. retirei-o e pu-lo no lixo. o américo sentou-se comigo na minha cama e aplaudiu o gesto. sabia que aquilo significava que eu aveludava os modos e me ia apaziguando com o destino. eu também o sabia. havia passado o primeiro ano e a dor era profunda mas talvez começasse a surgir a tal saudade de que ele me falara. aquela saudade benigna que já não quer magoar mas celebrar o passado. era verdade que não podia desprezar o passado. entre o turbilhão das dificuldades acabei por resumir a vida em saldo positivo. talvez por isso fosse tão violento ter de aguentar a perda de tanto que se conseguiu. mas mesmo sem o papel continuava a ser mariazinha, isso era um dado adquirido. o américo ria-se e eu comentei, o que me estraga é que o anísio seja crente, já percebeste isso, rapaz. e ele respondeu, ui, senhor silva, o que ele tem de santos metidos no quarto, aquilo parece uma capela e até deve dar para missas. que susto, continuava eu, essa gente toda ali metida a especar contra as paredes como fantasmas. eu bem sei como é difícil pôr aqui a mariazinha nos eixos, e está cá sozinha e destituída de pombinhas, se aqui tivesse um exército destas coisas dava em doido. é um bom homem, de todo o modo, ou de todo o modo, melhor dizendo, é um homem fascinante. e eu concordava. por causa da partilha dessa opinião toquei num outro assunto com o américo. talvez fosse pretensioso da minha parte meter-me nessas questões, porque também compreendia que ele era um profissional e havia que se proteger, mas era certo que ele ia sabendo de todos os nossos males e poucos desejos, sabia como nos custavam os dias, e nós não sabíamos nada dele. descontávamo-nos largamente do seu rol de amigos quando o contávamos decisivamente no nosso. ele sorria. de início sorria apenas, com ligeireza e sem querer tomar o assunto em mãos. e eu insisti, sabes, rapaz, nós estamos para aqui metidos como animais domésticos, limitados e cheios de necessidade de cuidados, é verdade, e somos de facto parecidos com miúdos, porque vamos ficando atrapalhados das ideias, muito cansados para seguir com as coisas todas, e confundimo-nos constantemente, fazendo asneiras que não se esperam de adultos, mas somos, sobretudo quando estamos sossegadamente sentados, adultos, e metemos cá dentro da cabeça uma experiência de uma vida inteira que já viu de tanta coisa. às vezes, avançando já a parte da senilidade a que vamos sucumbindo, podias aproveitar um pouco mais a nossa amizade, porque estamos a anos-luz da tua idade, mas temos um passado que é genericamente o teu presente e o teu futuro. ele sorriu e não disse nada. era um rapaz solteiro, sem amores, como se tivesse sido perdido por alguém que não o sabia voltar a encontrar.

   o doutor bernardo chamou-me para me congratular pela convivência simpática daquele primeiro ano. abraçou-me, gesto demasiado íntimo para o meu preparo, e fez um discurso breve. não sei se o diria a todos, mas considerou que a minha estadia no lar da feliz idade era um caso bom de integração e companheirismo. confessou-me que o senhor pereira e o cristiano silva, mais o anísio franco e o joão esteves, e ainda o américo setembro, lhe haviam dado conta de que gostavam de mim e que aprendiam comigo a arte de bem conversar e da boa disposição. o doutor bernardo regozijava, como se na ciência dele estivesse contida uma qualquer vitória sobre o meu espírito casmurro dos primeiros tempos. pensando bem, considerei depois que fui um hóspede bem fácil de dominar. e isso punha em causa muitas das minhas expectativas relativas à exigência não negociável de um fim do mundo imediato e sem volta. eu achei que acima de tudo era um homem educado. eis a minha autobiografia sumária, um homem educado. foi o que me levou de problema em problema a superar o que fosse preciso sem culpar ninguém, sem confrontar ninguém. o doutor bernardo levantou se depois, veio de novo ao meu pé e esperou que eu me levantasse também. era para me dispensar, para me fazer seguir para mais um ano de mérito no lar. agarrou-se a mim num outro abraço e eu saí. pareceu-me aquilo um gesto muito intenso para um aniversário profissional.

o anísio foi quem se meteu comigo depois do almoço a ver se eu espevitava. eu estou bem, dizia-lhe, estou bem. e ele queria saber se estar bem era andar de trombas. eu respondi que o tempo não era linear. preparem-se sofredores do mundo, o tempo não é linear. o tempo vicia-se em ciclos que obedecem a lógicas distintas e que se vão sucedendo uns aos outros repondo o sofredor, e qualquer outro indivíduo, novamente num certo ponto de partida. é fácil de entender. quando queremos que o tempo nos faça fugir de alguma coisa, de um acontecimento, inicialmente contamos os dias, às vezes até as horas, e depois chegam as semanas triunfais e os largos meses e depois os didáticos anos. mas para chegarmos aí temos de sentir o tempo também de outro modo. perdemos alguém, e temos de superar o primeiro inverno a sós, e a primeira primavera e depois o primeiro verão, e o primeiro outono. e dentro disso, é preciso que superemos os nossos aniversários, tudo quanto dá direito a parabéns a você, as datas da relação, o natal, a mudança dos anos, até a época dos morangos, o magusto, as chuvas de molha-tolos, o primeiro passo de um neto, o regresso de um satélite à terra, a queda de mais um avião, as notícias sobre o brasil, enfim, tudo. e também é preciso superar a primeira saída de carro a sós. o primeiro telefonema que não pode ser feito para aquela pessoa. a primeira viagem que fazemos sem a sua companhia. os lençóis que mudamos pela primeira vez. as janelas que abrimos. a sopa que preparamos para comermos sem mais ninguém. o telejornal que já não comentamos. um livro que se lê em absoluto silêncio. o tempo guarda cápsulas indestrutíveis porque, por mais dias que se sucedam, sempre chegamos a um ponto onde voltamos atrás, a um início qualquer, para fazer pela primeira vez alguma coisa que nos vai dilacerar impiedosamente porque nessa cápsula se injeta também a nitidez do quanto amávamos quem perdemos, a nitidez do seu rosto, que por vezes se perde mas ressurge sempre nessas alturas, até o timbre da sua voz, chamando o nosso nome ou, mais cruel ainda, dizendo que nos ama com um riso incrível pelo qual nos havíamos justificado em mil ocasiões no mundo.

naquela tarde o carteiro chegou e encostou a bicicleta no lugar de sempre e foi ao encontro do américo que andava cima e baixo a passear os velhos. o carteiro entregou ao américo um molho de cartas onde estava a que eu falsificara cuidadosamente para a dona marta. levei umas horas a redigir aquela carta. não porque fosse longa, que não era, era breve como tudo, mas porque era importante que dissesse algo bem pensado, algo para lhe fazer um agrado, uma carta segura com garantias de fornecer alegria à velha calada. o américo apartou rapidamente umas cartas de outras, por serem a maioria destinadas aos serviços e não aos utentes, e subitamente paralisou. eu percebi imediatamente que via com assombro a carta do desaparecido marido da dona marta. o maltratante marido que se esquecera da esposa até então. o américo olhou pelas vidraças para o salão onde a dona marta se tinha encostado. não estava sequer sentada. estava nos seus pés com o rabo metido na parede a ver uns e outros que diziam ou mexiam em alguma coisa. o américo viu assim a dona marta e tremeu brevemente, numa ansiedade incontrolada. a dona marta, todos os dias à espera do correio, vira o carteiro entrar, vira o carteiro sair, e desviava-se de olhar para o américo, se o américo a estava a incomodar, petrificado que parecia, à espera de o quê. era normal que todos os dias o rapaz apartasse as cartas em trinta segundos e entrasse salão adentro a colocar envelopes aqui e ali. mas naquele dia ele não o fazia e não fazia outra coisa. não fazia nada. e a dona marta começou a abanar-se impaciente. começou a abanar-se numa impaciência demasiada que fez com que os outros notassem e fossem gritar ao américo por um socorro qualquer. e o américo fez o que lhe pareceu melhor, pôs um pé no gabinete do doutor bernardo e trouxe-o a segurar a carta especial. ao doutor bernardo secou-lhe o sangue e a dúvida estampou-se-lhe na cara. entrou no salão, deitou a mão à pobre da dona marta que quase espumava e quis que ela o acompanhasse. o doutor bernardo, com o américo à pega, quis que a velha mulher o acompanhasse ao gabinete, claramente para a acalmar e ponderar a leitura da carta. naquele momento, por imprudência, aproximei-me um pouco de ambos os três. aproximei-me demasiado como um criminoso burro. muito burro e nada habituado a saber esquecer os seus crimes. a dona marta balançou-se toda, apoiou-se no confuso doutor bernardo e falou. foi com os olhos garridos de ódio que ela me encarou e disse, foste tu que me bateste. e repetiu, foste tu que me bateste, filho do demónio.

a dona leopoldina, a histérica da poça de sangue, levantou-se vexada como se dissesse, eu avisei, eu avisei. não sei o que lhe deu, mas derrapou até ao pé de mim e barafustou de tudo um pouco, a criar uma histeria geral no salão, com alguns velhos a saírem a medo e outros a entrarem estupefactos e a fazerem perguntas. e ela gritava de tudo e nem o doutor bernardo a conseguia calar. a dona marta, que não parava de se abanar, incerta das ideias ainda mais do que do corpo, agarrara-se à carta e juntava-a ao coração como se comesse pelo peito uma dor e uma felicidade infinitas ao mesmo tempo.

capítulo
dez
**os
olhos
pequenos
demais
para
verem
uma
coisa
tão
grande**

ofendeu-me profundamente a entrada daquele cristiano silva no feliz idade. ofendeu-me como se uma praga me perseguisse. não. muito pior. ofendeu-me como se tivesse de reviver aquela noite, o perverso caricato daquela noite, como a gozar comigo e a menosprezar a morte da laura. o papagaio falante que me atormentou na pior altura da minha vida viera para transformar também a minha morte numa palhaçada. mas naquele dia foi ele quem me procurou no quarto e me disse que há um lado errado em todos nós. não há o que se lhe fazer, existe e manifesta-se de vez em quando. eu pus-me a olhar pela janela a ver no jardim as crianças que passavam de bicicleta e disse-lhe, quando aqui entrei da primeira vez quiseram vender-me a felicidade por estas crianças passando como se fosse bastante vida para quem se empoleira aqui a comprovar que ainda nascem pessoas e ainda há quem esteja a começar tudo. mas eu, senhor cristiano, eu sou um romântico e não se aprende a viver sem amor da noite para o dia. o que era suposto fazer. o que acha que eu poderia fazer. chegar aqui, ver as crianças e sentir-me satisfeito. não existe disso. por mais que eu o desejasse, e cheguei a desejar esse sossego, a cabeça entra-nos para dentro dos ossos e parece que se mete a estragar tudo. eu passava as noites com os olhos pregados na escuridão e podia jurar que me entravam corvos e abutres pela janela adentro e me levavam as carnes. quando me levantava, em pânico e confuso, sentia que não estava em lugar nenhum, era apenas uma esquisita capacidade de observar o que aqui havia. entende. eu era apenas um olhar, um modo de ver. e nessa altura tudo me escapava das mãos. eu a querer que fizesse cuidado, mas nada me obedecia porque nada correspondia à lógica ilusória da minha cabeça. o senhor pereira entrou no meu quarto e perguntou como é que eu estava. e eu tinha os olhos húmidos e sem saber se mais uma vez havia de chorar como um puto denunciado. o senhor pereira disse, isto agora é que foi uma surpresa, mas a gente ainda não quer acreditar que não tenha uma explicação. e eu respondi, eram três da manhã e eu estava num pesadelo. precisava de lhe dizer alguma coisa, já nem sei bem o quê. mas ela não entendeu e assustou-se e depois assustei-me eu. eu queria só que ela se calasse. eu queria só que se calasse. porque ela estava a tentar gritar e tive medo. a vida aqui é mais complicada do que simples. o que é que isso quer dizer, perguntou o senhor pereira. na verdade a vida é sempre mais complicada do que simples, pense só na máquina que é o corpo e como opera noite e dia para lhe permitir estas aventuras todas. é uma complicação. o anísio achava que tudo se resolveria. que ficaríamos todos em paz novamente, porque a dona marta nem saberia explicar o que fora aquilo e não haveria prova de maior senão a confissão sincera da minha loucura.

a dona marta abriu o envelope no gabinete do doutor bernardo e não parava de dizer que era do seu homem, do seu amor. é dele, é do meu marido. deve ter estado ocupado, sabe, deixei tudo desarrumado em casa, não me deram tempo, e como temos uns campos e uns quantos animais, cuidar daquilo dá trabalho. o meu marido, doutor bernardo, é o que me vale, porque é um homem forte, mais novo, e assim cuida ele do que eu não pude mais cuidar. e o doutor bernardo dizia, a dona marta não pense mais nesses animais nem na louça que deixou por lavar na cozinha, isso agora já não é problema seu. e ela repetia, ora essa, doutor bernardo, isso nem parece seu. então eu ia querer ter a minha casa em rebuliços para quem lá fosse achar que sou uma desleixada. e ele insistia, mas tem quem pense nisso, dona marta, tem quem pense nisso e o faça. a si agora só lhe compete ficar feliz e aproveitar a vida. e ela subitamente parou. ficou como perplexa encarando o médico. tinha o envelope já aberto numa mão, a carta na outra, e fixava ainda o rosto do doutor bernardo. depois disse, a gente aqui não aproveita nada. eu tenho de pensar na minha casa e como deve estar bonita como sempre esteve, porque se pensar no que é estar aqui ponho o corpo no chão e digo-lhe para morrer. o américo ajoelhou-se aos pés da mulher e tentou sossegá-la. ele tinha aquele sorriso linear que já era uma posição de descanso da sua boca e que nós queríamos pensar ser um bom instinto do seu espírito. enfim, um espelho daquela metáfora para não sei o quê que é a alma. o espelho da alma, sem mediações. absolutamente natural. e ela pediu, lê-me esta carta, filho, lês, eu não tenho os meus óculos e não ia conseguir ver nada. o que me diz ele. diz-me que me vem ver. porque mo vieste contar, américo. achei que o senhor silva ia querer saber. sim, eu queria muito saber. e eu vim contar-lhe. obrigado. e não se assuste, a dona marta não fala coisa com coisa e não me parece que o vá acusar de nada. e eu perguntei outra vez, porque mo vieste dizer, américo. e ele deitou os olhos para o chão, ficou por ali atrapalhado com dificuldade em fitar-me e não respondia. havia algo a responder que ele guardava para si. depois disse-me apenas que lhe parecera assim. era como uma vontade, mais do que um dever. talvez. e eu completei, talvez uma amizade. e ele quase refutou, mas não directamente para não se tornar rude. preferiu dizer que compreendia que eu estivesse confuso quando cheguei ao feliz idade. e eu agradeci outra vez e pedi-lhe perdão por contribuir para que entristecesse mais ainda. ele disse que não era nada. que já passava. e saiu corredor fora para ver se a vida voltava ao normal.

a carta dizia apenas que o amor era infinito e que alguma coisa o impedira de mandar notícias durante um tempo. três anos, que ela confusa já não saberia quanto tempo era esse. mas os obstáculos estavam ultrapassados e a dona marta passaria a receber cartas de amor todas as semanas. para matar o meu coração, a dona marta receberia cartas de amor todas as semanas e tratar-me-ia, de ora avante, com o mesmo ódio com que me tratou quando emergiu do seu estado de autismo. via-me, desejava-me a morte, e depois escondia-se no pátio, muito ao pé das flores mais coloridas, a ler as palavras açucaradas que eu treinava por horas para lhe mandar. para matar o meu coração, aquela mulher lia sobre o amor tudo aquilo que eu devia ter esquecido.

o doutor bernardo voltou a chamar-me e começou por dizer que estava surpreso com aquele modo de comemorarmos o meu primeiro aniversário no feliz idade. e eu calei-me na vergonha mais profunda da minha vida. estava com a vergonha dos miúdos traquinas que subitamente fazem algo que impõe uma lição severa para os ajudar a crescer. e eu não ia para adulto, vinha de adulto, por isso me custava mais ainda a situação e não podia descobrir uma só palavra razoável para me ajudar a respirar melhor. o doutor bernardo, em boa verdade, não foi demasiado severo comigo. havia uma fatalidade qualquer naquele acontecimento. a velha voltara a falar e, embora mais destituída das realidades, punha-se ali mais feliz do que nunca, e eu também mudara muito naquele tempo todo. perdera o topete inicial e fazia-me um utente de confiança. não é assim, senhor silva. e eu não levantava os olhos, não respondia, não sabia o que teria direito a responder.

você devia ser um homem de fé, disse-me o anísio, com o bem que lhe correm estas coisas, você devia dar graças a deus. não estávamos de festa, mas sorri por simpatia. uma simpatia de frustração profunda. respondi, vou deitar-me um pouco, estou cansado. e o silva da europa impediu-me, dizendo, colega silva, não fuja disto, não fuja de nós, fique por aqui, dizemos umas asneiras e isto já espairece. a dona leopoldina passou diante de nós e, vendo-nos malignamente juntos como manada de bichos a conspirar, deu o seu grito de viva o porto e foi o suficiente para que nos acometesse uma gargalhada coletiva. o silva da europa dizendo, isto é do melhor, ó colega silva, isto é do melhor. e o anísio pôs-se aos gritos, ó senhor pereira, venha cá, venha cá que já perdeu uma das boas. e ele chegou-se e perguntou, que foi. vocês parecem tolos. e eu respondi, sente-se aí, senhor pereira, já sabe que as novidades vêm todas cá ter.

o senhor pereira sentou-se, sorriu brevemente, e disse-me, gosto de o ver assim, isto a vida são dois dias. e eu fiquei impressionado com aquele cuidado. era uma generosidade grande a de me dizer aquilo, a mim, que era um velho amargurado e sem amor. devo ter corado. senti-me um maricas sensível e devo ter corado. nem respondi. deixei que o silva da europa se metesse ao barulho e seguisse com a conversa para outro lado. estávamos a dizer mal da igreja, onde é que íamos. e o senhor pereira perguntou, ainda estamos nessa, continuamos a massacrar aqui o anísio. e eu disse, ele acha que eu devia ser um homem de fé. ui, ui, anísio da silva franco, onde você se meteu. olhe que este arranca as pombinhas à nossa senhora de fátima e frita-as num tacho sem piedade. e eu volvi, a minha mariazinha é boa moça, não gosto que as pombinhas lhe pesem na nuvem. rimo-nos e o senhor pereira insistiu, ó anísio mas explique lá o que lhe dá essa certeza de que alguém toma conta de nós lá para cima, depois do sótão.

o anísio franco não seria nunca pouco inteligente para dar uma resposta rápida ou leviana. nada disso. começou por nos explicar que distinguia muito bem entre a igreja e a fé. achava que a igreja era uma máfia de interesses. o silva da europa interrompia-o e dizia, uns filhos da mãe, a igreja é uma instituição pançuda que se deixou confortavelmente sentada ao lado de salazar. como sempre, dizia anísio, sempre do lado dos opressores porque toda a lógica da igreja é opressora, não conhecem outra linguagem. e o senhor pereira dizia, também não é bem assim. dizia-o porque se envergonhava um pouco de acreditar e de ir à socapa a umas quantas missas. nós sabíamos disso. o senhor pereira atendia a umas missas como se fosse pecar diante dos nossos olhos. que revolucionário. e o silva da europa dizia, nestas merdas sou um comunista do caraças. e eu ria-me. começava a passar-me a raiva de me ter chamado a mim comunista, catalogando-me com uma facilidade com que nada nem ninguém pode ser catalogado. e o anísio prosseguia dizendo que havia milagres suficientes no mundo para pensarmos que deus nos observa, mas é difícil com a pequenez do homem ver a grandeza de um evento assim. é como se tivéssemos os olhos pequenos de mais para verem uma coisa tão grande. que ideia estapafúrdia, se o que os olhos viam não era em nada proporcional ao seu tamanho. ó anísio, que você acredite acho até bonito, mas que acredite assim, com tanta fantasia, isso é que já parece tolo. e o senhor pereira confessava que acreditar é uma coisa íntima e que não se explica, apenas se sente. o silva da europa riu-se e protestou. achava que sentir que deus existe é como sentirmos que gostamos de alguém e passarmos a vida inteira a acreditar na correspondência desse amor para descobrirmos, mais tarde, que a pessoa esteve conosco por inércia, por comodidade. sentir o que não existe é uma qualquer saudade de nós próprios. muita coisa é apenas uma saudade. muitos dos sentimentos. é como lhe digo. sabe, até o suspirarmos por alguma acalmia que havia antes da revolução. ó senhor cristiano, não vai falar outra vez do regime. não é isso, é que é importante pensar nestas coisas, respondia ele. estamos para aqui todos fascistas, com pensamentos de um fascismo indelével a achar que antigamente é que era bom. este é o fascismo remanescente que vem das saudades. sabe, acharmos que salazar é que arranjaria isto, que ele é que punha esta juventude toda na ordem, é natural, porque temos medo destes novos tempos, não são os nossos tempos, e precisamos de nos defendermos. quando dizemos que antigamente é que era bom estamos só a ter saudades, queremos na verdade dizer que antigamente éramos novos, reconhecíamos o mundo como nosso e não tínhamos dores de costas nem reumatismo. é uma saudade de nós próprios, e não exatamente do regime e menos ainda de salazar. eu escutava o meu colega silva e não sabia o que pensar. num momento dizia que éramos comunistas, no outro já éramos fascistas. e eu perguntava, isso faz de nós bons homens. ele regozijava, claro que somos bons homens, ó senhor silva, não somos por natureza inquinados de política nenhuma, temos de tudo um pouco mas, sobretudo, temos saudades, porque somos velhos e quando novos a robustez e a esperança curavam-nos de muita coisa. o fascismo dos bons homens. como diz, perguntou o senhor pereira. o fascismo dos bons homens. é o que para aí abunda.

já quase não faz mal a ninguém e não é para prejudicar. mas é um sentimento que fica escondido, à boca fechada, porque sabemos que talvez não devesse existir, mas existe porque o passado, neste sentido, é mais forte do que nós. quem fomos há de sempre estar contido em quem somos, por mais que mudemos ou aprendamos coisas novas.

ó anísio, e a si não o deixam falar, não há modos de explicar porque acredita em deus e se algum dia lhe falou. o anísio levantou a mão no ar em jeito de desinteresse e disse, vocês são todos malucos, não vou pôr-me aqui a jeito de gozarem comigo. rimo-nos todos e o sol começou a aquecer incrivelmente naquele fim de tarde. ou talvez só então eu tivesse acalmado o suficiente para perceber que estava um magnífico dia. ficámos em silêncio por uns momentos, com deus ou sem deus, debaixo do milagre da luz que nos tratava tão bem quanto às plantas. sorri sozinho. era uma abundante refeição de luz.

depois fomos ver o quarto do anísio e era verdade que aquilo se atulhava de santidades diversas a despencarem por todo o lado. ele estava pouco importado que criticássemos a falta de espaço e o esbugalhado daqueles olhos a carcomerem-nos a pele. eram antiguidades. estátuas de grande valor artístico que foi adquirindo ao longo da vida. quase não o deixaram levar tanto caco para o lar, mas eram santos, e a fé é sempre um cartão-postal dos lares, o nosso não seria exceção. um lar com ligações especiais ao divino oferece melhores garantias no comércio das almas. o anísio punha-se todo de cuidados em redor das estatuetas a ver se nenhuma caía nem que fosse deprimida com a conversa, e nós achávamos aquilo divertido e respeitávamos o seu espaço ficando quietos, sentados em fila na cama como se estivéssemos em bancada para assistir a um filme. que personagens. ali todos os quatro juntos, éramos uma comédia das antigas.

quando o silva da europa nos falou de sermos fascistas e comunistas ao mesmo tempo eu pus-me a fazer contas para trás e a ver coisas. concluí também que a maior parte daquilo em que acreditamos nos dá medo e isso leva-nos a ficar de boca fechada. recordava-me bem do que me dizia naquela noite em que o conheci, que éramos todos livres de pensar as coisas mais atrozes. isso não nos impedia de sermos vistos pela sociedade como bons homens e de sairmos à rua dignos como os melhores pais de família. um homem havia de ser medido pelos seus actos, pouco importando se dentro de casa era feito daquela mariquice de acreditar em deus ou da macheza cretina de se ligar aos malfeitores, estejam eles escudados numa igreja ou num governo. éramos por igual todos cidadãos da mesma coisa. a andar para a frente com os instintos de sobrevivência a postos como antenas. eis a emissão certa, a propaganda que não podíamos dispensar, sobreviver, segurarmo-nos, e aos nossos, e abrir caminho até morte dentro. essa é que era a essência possível da felicidade, aguentar enquanto desse.

capítulo onze
o esteves a transbordar de metafísica

andavam por ali outra vez os inspetores da judiciária que faziam cara de maus acerca do incêndio que tivéramos no lar. a morte de três pessoas, mesmo que apenas corpos à espera de nada, ainda era coisa séria. e eu refilava com o senhor pereira, ó homem, por que é que você me pôs na cabeça aquilo de ser preciso mais espaço. pôs-me o pescoço na guilhotina. e ele mandava-me ficar calado. o anísio perguntava, o que lhe pôs ele na cabeça. sobre isto, perguntava, sobre o incêndio. o que é que você sabe, senhor pereira. anísio, fique um bocado caladinho, os polícias andam para aí e não quero confusões. e eu acrescentava, ainda por cima, você foi daqueles que entraram naquela altura, nem sabemos muito bem o quanto isso o pode afetar. ele ficava intrigado com a conversa e eu ia-me pondo a léguas dos agentes, nada interessado em que me viessem perguntar que conversa era a minha a de umas semanas antes. e depois fomos para o pátio e não pudemos escapar. um deles reconheceu-me, filho da mãe, mesmo tendo passado tanto tempo, e disse-me logo boas-tardes. respondemos em coro a ver se ninguém se comprometia. e ele encarou-me, especificamente a mim, e continuou, o senhor tinha-me dito alguma coisa, já não me lembro o que foi. e eu abri a boca como espantado. e ele insistiu, o senhor veio falar conosco e disse-nos algo, não se lembra. o outro agente aproximou-se e pôs-se do lado dele à espera que eu respondesse algo e eu nada. apenas a boca aberta sem nenhuma palavra. e ele perguntou, o senhor sente-se bem. e eu respondi, queria um copo de água, por favor. o segundo agente afastou o primeiro do nosso pé e ouvi-o comentar, são velhos, já não dizem nada de jeito, deixa-os estar quietos. entraram salão adentro e o senhor pereira perguntou-me, está com sede. e eu disse, agora fiquei. o anísio sorriu e acrescentou, para alguma coisa serve estarmos velhos, fazemo-nos de tontos e não podem mais nada. rimo-nos baixinho como espertos. depois o silva da europa chegou e explicou-nos que a dona leopoldina estava farta daqueles homens e começava a dizer que não se lembrava de poça de sangue nenhuma. isso é que era brilhante, a burra da velha má a mandar a judiciária ao raio que a parta. e eles de um lado para o outro, a verem se o doutor bernardo era capaz de conseguir uma conversa razoável com os utentes do lar. ele dizia que já tinha passado muito tempo e que as pessoas ali eram esquecidas pela idade e era natural que se fossem esquecendo mais ainda. o senhor pereira acotovelava-me como a avisar-me de que era certo. era certo que o feliz idade tinha interesse em despachar aqueles que morreram, já só ligados a máquinas e a comerem por agulhas. e eu impacientava-me, não sabia se havia de gritar num apelo para que abrissem os olhos. um dia, pensava eu, ainda nos escolhem a nós para nos defumarem até à morte.

e a dona leopoldina saiu ao pátio e o senhor pereira quis chamá-la para que partilhasse conosco a mesma causa de pôr aqueles abelhudos a andar. mas ela não estava para amizades conosco. vá tratar-se, ó malcriadão, vá tratar-se. ficámos ali a rir, ela sempre a coçar o cu, a tarde a arrefecer finalmente e o lar numa animação disparatada. esta mulher ainda ganha calo de tanto se coçar ali, disse o anísio. ó dona leopoldina, que porcaria, você é um bocado porcalhona, gritava-lhe ele. que confusão aquela. vieram os polícias e tudo a ver o que ia para ali no pátio. começaram todos a puxar uns pelos outros, ávidos de alguma energia. e alguns riam e tossiam e já não aguentavam mais enquanto a dona leopoldina persistia no seu número de baixo nível e todos a queriam pôr a fazer pior. o américo assomou ao pátio e ficou estúpido a ver se acreditava naquilo. ó dona leopoldina, gritou ele, a senhora parece que está maluca. andou a tomar o quê. o senhor pereira respondeu, está apaixonada aqui pelo senhor silva, é o que é, passa por ele e mostra-se toda. caramba, a velha parecia chispar fogo pelas narinas abertas. davam-lhe uns ataques de falta de ar que podiam tê-la fulminado de fúria. até tive medo de que fosse mesmo e que se pusesse de pernas para o ar naquele momento por uma brincadeira tão palerma. o américo correu a deitar-lhe a mão e segurou-a a jeito de a sentar. ela abanavase com a mão diante do rosto e estava vermelha de todo, envergonhada. e os polícias também se riam e diziam coisas entre eles. eu estava quase distraído de que eles permaneciam ali. estava quase distraído mas não de todo, porque me preparava para escapulir, não fossem eles acometerem-se de mais perguntas para vasculharem na minha casmurrice os podres que nos viciam a realidade. chatos, pensei eu, têm focinho de quem descobre tudo, falta saber se há o que se descubra num universo de velhos amedrontados e confusos das ideias.

e entretanto o mito esteves fazia cem anos. víamo-lo pouco há um tempo. desde que o haviam rodado que ele andava arredio e não se mostrava para conversas. estava zangado. puseram-no num quarto no andar de cima, com vista para os mortos e na companhia de um vegetal dos grandes. era o senhor medeiros, coitado, uma relíquia do lar que se metera silêncio adentro fazia séculos e não se sabia que coisa poderia pensar, todo o dia, todos os dias, deitado sobre o ombro esquerdo, os olhos parados na porta da entrada como se quisesse ir ver o lado de lá e mais rigorosamente coisa nenhuma. nós fomos ver como era aquilo e entendemos a diferença entre quem, como nós, ainda habitava os quartos do jardim, e aquela gente ali posta no fim. o senhor medeiros era exemplo perfeito disso. dizia o américo, não se assustem, entrem. este já não se ocupa com nada, está descerebrado, deve ver como se tivesse fumado uns cigarros bonitos. eu achava que não. havia uma água nos seus olhos, uma água permanente que os punha como a lacrimejar. e ele movia-os na direcção de quem entrasse. não movia a cabeça, não bulia um só dedo, que todo o corpo estava desligado, mas mexia os olhos acompanhando-nos e fixando também o nosso próprio olhar. a mim parecia-me que estava encurralado ali dentro, sem movimento nem voz, a descontar o tempo da pior maneira, lentamente. era demasiado lento, era impossível que não sofresse e não amargurasse pela raiva do destino e até pela sede de vingança. o senhor pereira perguntava, então e como come. e o américo respondia, pelas agulhas, senhor pereira, pelas agulhas. e o esteves lá estava, punha-se a abrir passagem para que entrássemos e remoía por dentro a tristeza de o terem posto ali a meias com outro e sem as crianças na vista. isto aqui é só a gente saltar bem saltado e ficamos logo a dormir onde eles querem. e o américo refutava, não diga isso, senhor esteves, as janelas não abrem e este quarto é ainda melhor do que os outros, tem mais espaço, teve foi o azar de o senhor medeiros não abrir o bico, porque os outros colegas falam uns com os outros e passam melhor o tempo, que eu às vezes até tenho de os vir mandar calar. o esteves sentou-se na cabeceira da sua cama e continuou a protestar, mas eu não queria passar o tempo, queria mais era que ele não passasse. que importa a um homem de cem anos que o tempo passe. a mim importa-me é que não teime passar, que fique quieto, o estupor do tempo. e que me deixe ir dar as minhas voltas e ver as coisas ainda comprometidas com a vida, que aqui já só se vê aquilo que tem compromisso com a morte. arranjámos maneira de nos sentarmos também e estávamos confrangidos pelo esteves, que tinha mais do que razão. era um absurdo enfiarem-no ali, se calhar fartos de esperar que ele se despachasse da vida naquele modo ainda alegre e nada urgente. um indivíduo que se põe a envelhecer daquela maneira é um tratado de paciência. é preciso que exista quem o ature, porque nunca mais se define. a morte é que define tudo, claro. e ele punha uma tromba e ao américo cabia-lhe as vezes de defensor da instituição, dizia que era uma questão de hábito. em pouco tempo haveria de estar ali melhor do que em qualquer outro lugar. o esteves dizia, ai claro que sim, que a gente depois de morta fica logo habituada. é à bruta, não há escolha e fica-se escolhido. o esteves dizia que já muito tempo havia passado, e que aquilo era um desrespeito pelo seu centésimo aniversário. uma data tão bonita, uma vitória tão grande do seu espírito sobre a vida, e o feliz idade fazia-lhe aquela desfeita, metendo-o à varanda do cemitério para se convencer a desistir mais depressa. e nós lembrámo-nos do aniversário do esteves. o incrível aniversário do joão da silva esteves sem metafísica e mirabolámos com a magnificência da efeméride. era preciso que se fizesse um bolo, que se cantasse uma canção, era mesmo preciso que se lhe desse um abraço, àquele amigo do fernando pessoa, a um verso vivo da mais valiosa poesia portuguesa. temos de tratar disso, américo, nós temos de tratar disso.

o esteves não se levantou. ficou à cabeceira da sua cama e esperou que nos aquietássemos todos também. o américo deixou-se estar perto de mim, ambos à espera que dissesse o que queria e ele falou, tenho medo de ficar sozinho neste quarto com o senhor medeiros. eu sei que é um pobre homem e quisera eu que o pudéssemos ajudar, mas assustam-me os seus olhos ansiosos, já viram como são ansiosos. e o américo dizia, senhor esteves, são uns olhos cansados. e o esteves fazia um gesto para que não fosse interrompido. mas o que me aflige é à noite, quando estamos já a meio da noite, num silêncio de não haver nada, e a porta está fechada para não entrar luz do corredor e não percebermos se a enfermeira anda por aí a medicar alguém. o pior é nessa altura quando ele geme um pouco. geme muito baixinho, como se o corpo dele fosse um poço profundo e ele estivesse longínquo a tentar chegar cá acima. subitamente suspira. um suspiro muito fraco, muito triste, e deve ser como se sente respirar subido dessa profundeza. parece que está agarrado por dentro do corpo para não cair. a trepar por dentro do seu próprio corpo. eu levantei-me algumas vezes. acendi aqui o candeeirinho e fui vê-lo ao pé. eu juro que o homem quase se mexeu. a intensidade do seu olhar era de tal modo que eu sabia que fazia um esforço para me dizer algo. e eu ainda lhe disse umas quantas vezes que estava tudo bem, que ele devia sossegar, que estava tudo bem. e ele queria muito mexer-se. de cada vez que eu me levantava do pé dele e começava a contornar-lhe a cama para chegar à minha, via-lhe os olhos seguirem-me ainda mais injetados como a pedirem-me que não saísse do seu raio de visão. e o esteves voltava um pouco atrás e pressentia um alívio mínimo. uma esperança de que alguma coisa o ajudasse, de que eu o ajudasse. é um terror, é o que vos digo, este homem vive num terror e eu fico angustiado por não entender o que quer e o que posso fazer por ele e por mim, que vou dar em doido aqui metido. quando o vi pela primeira vez achei que era uma ironia do destino vir partilhar o quarto com o senhor medeiros. era perfeitamente o medeiros sem metafísica. vejam. aparentemente não acontece nada com ele. está para lá de todas as coisas e já não lhe dá mais nada senão o tempo. mas depois percebi que isso não era verdade. que um vegetal destes grandes tem ainda metafísica suficiente para muitas noites de agonia. e a mim aflige-me estar aqui confinado ao pé dele, a ver como se esvai e sem saber o que raio fazer ou pensar. sou mais velho do que ele. eu sou mais velho do que ele e estou para aqui discernindo o cu das calças. que me dizem a isto. digam-me se não é a violência na terceira idade. isto é violência na terceira idade. sabem por quê, porque o nosso inimigo é o corpo. porque o corpo é que nos ataca. estamos finalmente perante o mais terrível dos animais, o nosso próprio bicho, o bicho que somos. que decide que é chegado o momento de começar a desligar-nos os sentidos e decide como e quando devemos padecer de que tipo de dor ou loucura. pois eu que tenho cem anos e podia quase ser vosso pai quero dizer-vos que ser-se velho é viver contra o corpo. o estupor do bicho que nós somos e que já não nos suporta mais. a violência na terceira idade.

o nosso esteves cheio de metafísica estava na quarta idade. sentou-se à mesa com uns quantos velhos em redor e viu um bolo branco e bonito à sua espera. sorriu. estava contente com isso. não precisava de ser muita coisa, nem de se criar um grande alarido, era um cuidado mínimo que bastava para hesitar naqueles pensamentos feios de que queriam ver-se livres dele. era importante que sentisse que ainda havia por ali muito carinho por si, que muitos de nós o queríamos para lá das conversas tolas. gostávamos dele. encostei-me ao pé do anísio a comer uma fatia do doce e não quisemos dizer nada. era notório que seguíamos estúpidos com a maravilha de termos diante de nós tal figura. pasmávamos ainda como se não fosse coisa de acreditar que o joão esteves um dia tivesse vivido em lisboa e frequentado a tabacaria alves com naturalidade suficiente para ser genuíno dentro de um poema do fernando pessoa. o anísio finalmente disse, que filho da mãe de sortudo. nem rimos. estávamos demasiado atónitos para beliscarmos aquela fantasia tão grande. o colega silva punha-se de bicos de pés e queria que cantássemos. o américo pedia que fosse baixinho, não podia fazer-se muito barulho numa casa de velhinhos. mas o colega silva dizia, lá vamos, cantando e rindo. e começaram todos a barafustar e o esteves não sabia muito bem o que dizer. estava à espera que dispersassem para partir o bolo e refazer-se da surpresa. ó amigo esteves, dizia-lhe o senhor pereira, então achava que não lhe fazíamos uma festa. você não parece conhecer os amigos que tem. e depois o silva da europa começou com a canção dos parabéns e todos acompanharam, encantados com o sorriso quase ingénuo do maravilhoso esteves. o doutor bernardo veio juntar-se a nós e batia palmas e estava como não se lembrando de que nas casas de velhinhos não era de fazer muito barulho. por isso começámos todos a cantar mais alto e a bater mais palmas e a fazer uma festa com a euforia possível pelos cem anos de metafísica profunda do esteves. cem anos, um século, caramba, um homem de um século inteiro. qual bicho do corpo, qual quê. ali não havia inimigo nenhum. com isso tínhamos nós de nos preocupar, mas ele, exatamente ele, não.

capítulo doze
a promoção da beleza de se ser pobrezinho

terça-feira, dia cinco de setembro de mil novecentos e sessenta e sete. uns minutos antes de fechar a barbearia, já a luz apagada e o chão varrido, um homem assustado entrou por ali adentro e fitou-me. eu podia ter reagido de todas as maneiras. podia ter pensado que me assaltaria, que me mataria, que era dos maus. se uns seriam bons, outros teriam de ser maus, era tão linear o pensamento vendido aos portugueses. mas o homem também não parecia saber o que fazer ou dizer. fitava-me ofegante, o olhar aterrado de quem fugia. eu podia ter reagido de muitas maneiras. podia tê-lo escorraçado, podia ter gritado que me acudissem num susto daqueles, podia ter-lhe perguntado ao que vinha. e ele talvez me pudesse ter explicado, entre os espasmos de respirar a custo, talvez me tivesse explicado porque entrara na minha barbearia de forma tão abrupta no fim de tarde daquela terça-feira.

eu olhei para aquele homem que ali se pôs diante de mim, emudecido de medo, e indiquei-lhe o compartimento interior da barbearia, onde arrumava vassouras e panos velhos, baldes e outras tralhas. o homem imediatamente entrou e ali se agachou calado a fazer silêncio, a silenciar os pulmões aflitos. uns segundos depois, apenas uns breves segundos depois, os temíveis predadores chegaram àquele troço da rua. olhavam um pouco para todo o lado e cheiravam o ar. eu punha o meu chapéu e descia já ao passeio. apenas um degrau. fazia o gesto com um pé no passeio e o outro suspenso, como se ficasse repentinamente em câmara lenta, e o temível homem de olhos azuis a perguntar-me, é a sua hora de fechar. e eu disse, boa noite, senhor. e ele não se educou. voltou a perguntar, o senhor fecha sempre a esta hora. e eu respondi que sim, eram seis horas. fiquei parado. tirara o chapéu e segurava-o de encontro ao peito. na porta do lado, seis horas e mais três minutos, o senhor feliciano punha os pés na rua, num movimento exatamente igual ao meu. se eu fechava a barbearia, ele fechava a loja de sapateiro. e eu disse, então até amanhã, feliciano. e ele disse, boas noites, amigo antónio, até amanhã. e o pide fungou e perguntou-lhe, o senhor já vai embora. eu rodei a chave. rodei a chave para que ficasse mais longe de voltar a entrar no meu estabelecimento. rodei a chave com uma tremura ínfima nos dedos mas um medo grande, e dei um passo atrás. o pide encaroume novamente, eu cumprimentei-o, boa noite, senhor. e ele respondeu, boas noites, como se estivesse quase convencido, o estupor. depois tomou uma atitude e gritou, espere. eu parei, voltei-me para o encarar e respondi, sim. perguntou-me, não percebeu por aqui um sujeito em fuga. um sujeito, repetiu ele perante o meu silêncio. não, senhor, falei por fim, não vi ninguém. desde as cinco da tarde que a rua tem estado quieta. não vi ninguém, não senhor. um segundo antes que fosse tempo demasiado, novamente o cumprimentei com uma mínima vénia e dei-lhe costas. um segundo antes de o meu rosto se congestionar. e dei uns passos no silêncio dele até conseguir dobrar a esquina e seguir para casa sem olhar para trás. uma década antes e eu não teria tido coragem para aquilo. teria sido transparente de mais e nunca esconderia uma moeda que me tocasse na mão vinda de um lugar desconhecido. nunca esconderia o valor inteiro de uma pessoa. era demasiado para que eu, tão frágil de tudo e sempre desprotegido, o pudesse avaliar. dentro da minha barbearia, zelando pela sua mas agora também pela minha sorte, ficara o homem em fuga. um homem muito mais jovem do que eu que, ao contrário de se ter habituado à ditadura, andava a miná-la como sabia, criando brechas aqui e acolá para que ao menos se soubesse que o povo gangrenava descontente. era o mais terrível de se fazer, porque o que o estado novo menos queria de nós era a resistência. a manifestação de uma ideia diferente como sinal de esforço para sairmos do meio da carneirada. e eu começara há um bom tempo a comentar com a laura que nos punham de boca fechada porque o ditador achava que sabia tudo por nós. vai lá, português pequenino, fica sossegado e quieto no teu canto que para pensar estou cá eu, tão sapiente e doutor. e ele pensava que éramos de facto todos inertes e cordeiros, obrigados às manifestações de louvor e proibidos de contestação. o salazar pensava, na verdade, que na pior das hipóteses eram todos como eu, um pai de família acima de tudo, cuja maior rebeldia seria abdicar da igreja, mesmo assim discretamente, tanto quanto possível. porque tinha batizado os filhos e tinha emudecido os meus protestos. naquele tempo, quem não fosse batizado não valia de muito na sociedade e haveria de ser rejeitado em inúmeras oportunidades. nós fomos molhar a cabeça dos filhos à igreja para que os deixassem em paz. convictos de que mais tarde poderiam secar essa água da cabeça se quisessem, como afinal fizéramos também.

entrei em casa como se nada fosse e não disse palavra à laura sobre o assunto. o seu coração humano entenderia talvez o gesto, mas os filhos já dispostos à mesa, tão pequenos e a exigir segurança e sustento, davam-lhe medos e prudências para tudo. preferiria, tenho a certeza, que nunca nos arriscássemos a nada. era o modo que tinha de fazer a sua parte pelo mundo. não bulir com coisa alguma. não arranjar nem querer confusões. por isso não gostava que eu discutisse com ela as coisas da política. queria que a política não fosse um assunto lá de casa. haveríamos de apreciar a poesia, o folclore e uns fados, haveríamos de ter passeios aos domingos e brincar com os miúdos a crescerem e era assim a nossa vida, sem beliscar os tubarões que nos podiam ferrar. eu, apaixonado, enternecia-me com ela e deixava-me ficar porque também lhe reconhecia prudência, uma sabedoria que vinha da família, de colocar a família no centro das coisas. eu deixava que a sociedade fosse apodrecendo sob aquele tecido de famílias de bem, um mar imenso de famílias de aparências, todas numa lavagem cerebral social que lhes punha o mundo diante dos olhos sublinhado a lápis azul, para melhor vermos o que melhor queriam que apreciássemos. ai as glórias de salazar, eram tão grandes as pontes e longas as estradas, eram tão bonitas as criancinhas a fazerem desporto e a cantarem letrinhas patrióticas. parecíamos um grande cenário de legos, pobrezinhos mas tão lavadinhos por dentro e por fora, a obedecer.

se, gentes da minha terra, não é desgraça ser pobre, punha-se a amália a dizer, e que numa casa portuguesa há pão e vinho e um conforto pobrezinho e fartura de carinho, e ela que ia a frança comprar vestidos onde se vestiam as estrelas de cinema americano e se embonecava de joias e até tinha visto o brasil e a espanha, servia para que a amássemos e fôssemos pensando que estávamos todos tão bem ali metidos, éramos todos tão boas pessoas, tão bons homens, realmente. e eu, de facto, ainda adoro a amália e ouço-a quase a chorar se for preciso e se tivesse de escolher um só português para entrar no paraíso, talvez quisesse que fosse ela, para eternizar de verdade aquela voz. a maior voz da desgraça e do engano dos portugueses. pena não haver paraíso, já não haver amália e ter havido e sobrar para aí tanta desgraça e engano.

 e eu naquela noite não dormi, a pensar em como estaria o homem escondido à espera que eu voltasse sem dar nas vistas. não poderia lá ir durante a noite. e se os pides andavam à espera, e a laura o que diria. do que me poderia ter esquecido eu, se tudo quanto estava na barbearia era para lá ficar. não havia um álibi para me pôr na rua novamente. toda a noite me passou pela cabeça que o indivíduo pudesse ser mais estúpido do que parecia e tentasse sair antes do tempo. podia pôr-se a forçar a saída, a tentar encontrar alguma chave ou, pior, podia partir-me os vidros para salvar a sua pele ainda que condenasse claramente a minha. toda a noite fiquei nisto, até que pela manhã a hora certa chegou para que eu entrasse na minha barbearia como se nada fosse e pousasse o chapéu como se nada fosse, e entrasse no quarto do fundo como se nada fosse e o visse quieto, agradecido, mais calmo, apenas com olhar de quem emagrecia e precisava de comer e beber alguma coisa. eu disse, bom dia. cumprimentei com um bom dia um criminoso do regime e selava daquela maneira um crime que cometia eu também. eu ajudava o diabo. claro que estava aterrado. mas, ao menos uma vez, ao menos ali, pudesse eu estar para além da merda de homem amorfo que fora e superar as minhas expectativas. levar um pouco adiante um orgulho de ser mais do que português, ser pelos portugueses, ser pelas pessoas, por todas as pessoas que tinham naturalmente todas as maneiras de pensar e só assim devia ser.

    ele não passava, de facto, de um jovem. tinha vinte e um anos e talvez ainda não soubesse muito bem o que era a vida ou o que devia ser. eu não lho saberia explicar. ia-me desencantando com tudo, mais do que descobrir opções ou saber colocar-me bem. eu sabia sobretudo que progressivamente todas as coisas perdiam colorido e se tornavam como que fardos perante os quais nos soterrávamos mais e mais sem refilar. perguntei-lhe, e agora foges como. e ele disse-me, não sabem quem eu sou. não me viram a cara. vou para casa. vou estudar. eu calei-me e ele acrescentou, isto agora está mesmo a rebentar. mataram uma rapariga, sabia, perguntava ele. andam a matar cada vez mais gente e isto agora vai abanar. o povo tem de ser livre, senhor, o povo tem de ter paz. e eu disse-lhe, vais cortar o cabelo. sais daqui com o cabelo cortado e a cara nova. se te virem sair sabem por que vieste tão cedo de manhã. cortar o cabelo, disse ele. como os beatles. ponho-te como os beatles para aprenderes a não me assustares outra vez. ele sentou-se numa cadeira e eu acendi a luz de sempre. começava um dia vulgar. um dia como outro qualquer. ele gostava dos beatles. gostava de ir ver o mundo. ir ver como eram os outros países. e eu perguntei, só porque ali estávamos sozinhos, achas que isto cai. e ele sorriu, está a cair. liguei a rádio e criei uma ansiedade enorme por que aquilo caísse, mesmo que eu tivesse de abanar também e repensar muita coisa para me voltar a segurar.

    talvez tenha salvo a vida àquele rapaz. vi-o depois muitas vezes, a fazer-se doutor, mais prudente na resistência à polícia criminosa. vinha por ali cortar o cabelo e, quando podia, enchia-me a cabeça de propaganda antifascista. eu proibira-o de ali pôr os pés com algum panfleto ou folheto ou livro ou o que fosse que o incriminasse ou me incriminasse a mim. era uma covardia típica da laura, para pensar nos filhos e no futuro. ele obedecia escrupulosamente, profundamente agradecido pelo meu gesto. e depois metia-me a propaganda directamente nos ouvidos. ia-me contando o que andavam para aí a magicar e eu achava que gostava de saber que algumas pessoas tinham menos medo e menos compromissos do que eu e faziam algo para que as coisas mudassem. e ele dizia-me, senhor silva, um dia ainda deixa de ser fascista. e eu mandava-o calar-se, chhh, estás maluco, rapaz, aqui não há dessas ideias, somos humanistas, queremos o melhor para os homens, não te ponhas com burrices em voz alta. ele ria-se e dizia-me, se ao menos todos os fascistas fossem de coração de manteiga como o senhor silva, isto levava-se de outra maneira e, com umas boas conversas, até o ditador se reformava de bom grado e em profunda comoção.

foi a primeira vez que, num certo sentido, me chamaram de um bom fascista. ou, mais correctamente, me chamaram de bom homem que, por acaso, seria fascista. eu ainda não tinha liberdade mental para lhe dizer que era mesmo pelos homens e que queria que pegassem nos políticos todos, mais todas as formas de politizar um povo, mais tudo quanto representasse o poder e todos quantos tivessem poder, e os enfiassem fossas abaixo, porque a vida me custava tanto que não era nenhum bem-falante que me havia de aliviar e nunca nenhum deles me pagou uma conta por mínima que fosse. estava farto de retórica. estava completamente farto de retórica.

tem uma vozinha de padreco a afogar-se, uma coisinha quase de menina, que só num país com fátima a tapar os olhos ao povo é que isto se admite. já reparou, perguntava-me ele, tem uma vozinha de cagão que sabe que está a falar com cagarolas. raios partam estes portugueses que puseram a virilidade na lama a ouvir este bezerro prepotente. já ouviu um discurso dele como deve ser, ó senhor silva. parece a missa. só não nos põe a rezar porque a ele lhe interessa pôr a pata em cima da igreja também. é um génio, e os padres, desde que fiquem nos poleiros garantidos para engordarem, estão sempre felizes. que melhor discurso pode haver para os padres do que a promoção da beleza de se ser pobrezinho. a promoção da beleza de se ser pobrezinho. é um casamento perfeito. o político que gosta dos pobrezinhos e os mantém pobrezinhos, com a igreja que gosta dos pobrezinhos e os mantém pobrezinhos. mas, quer o político, quer a igreja, dominam ou podem dominar o fausto. não é brilhante. isto inventado seria mentira. ninguém teria cabeça para inventar tal porcaria, só sendo verdade mesmo. sabe, senhor silva, é preciso que se suje o nome de salazar para todo o sempre. é preciso que o futuro lhe reserve sempre a merda para seu significado, para que os povos se recordem como foi que um dia um só homem quis ser dono das liberdades humanas, para que nunca mais volte a acontecer que alguém se suponha pai de tanta gente. este tem de ser um nome de vergonha. o nome de um porco. para que ninguém, para a esquerda ou para a direita, volte a inventar a censura e persiga os homens que têm por natureza o direito de serem livres. e eu respondia-lhe, cala-te, miúdo, ainda me arranjas umas férias nos calabouços. fica calado. é um padreco lingrinhas, cínico, padreco lingrinhas, gritava ele eufórico. eu mexi-me como uma barata tonta a pôr a rádio mais alta, mas adoraria sentir coragem para me pôr ali aos berros também, mesmo exagerando, mesmo que dizendo parvoíces só pelo prazer de as poder dizer, de poder ajuizar por mim o que quisesse ajuizar. na minha barbearia. ao menos na minha barbearia. ao menos na minha casa. na minha casa e com a minha boca livre. é um porco.

   o esteves entrou no meu quarto já passavam das vinte e duas horas. eu ainda não dormia porque o coração não parava de me dizer que algo estava a acontecer. era uma intuição que a laura me legara. quando pensava que algo não estava certo, não conseguia mais deixar de o pensar, e remoía horas a fio à espera que se revelasse ou, comumente, até que adormecesse por exaustão. mas naquela noite a laura diria, estás a ver, eu não te disse. porque o esteves bateu ligeiramente à porta e abriu. eu acendi o meu candeeiro e identifiquei-o já quase sabendo quem seria. esteves, o que se passa consigo, homem. ele encostou a porta e veio junto a mim, sentou-se na beira da cama. estava cansado, quase chorando. não consigo dormir ali. o homem geme mais do que nunca e eu estou a ter visões. fico a achar que existem máquinas que nos tiram a metafísica, senhor silva, já viu, estou a ficar com a cabeça baralhada e não existem máquinas dessas, pois não. eu já me sentara e encarava-o nos olhos respondendo que não, você está apenas cansado esteves, fez cem anos hoje, é claro que está cansado. e ele explicava, parece que me vão tirar a metafísica para me enterrarem depois correspondendo ao poema, entende. é para me obrigarem a respeitar o fernando pessoa. entre mim e o grande poeta, é claro que vão escolher o outro, eu só posso perder. o que dirão as pessoas no futuro se descobrem que o esteves sem metafísica estava carregado dela. é uma vergonha para o poeta por ter mentido, por ter sido rápido de mais a ajuizar o meu caráter. é para me usarem como estátua. tiram-me a metafísica, passam cimento em cima de mim e levam-me para a brasileira a ser fotografado pelos turistas e eu não vou pensar em nada, vou ficar quieto a portar-me bem como eles querem. eu dizia-lhe que não, que não, esteves, isso não existe, nem existem máquinas dessas, nem as estátuas se fazem assim por cima da pele das pessoas. e ele repetia, dos mortos, primeiro tiram-me a metafísica, depois matam-me e só depois fazem a estátua, dá muito dinheiro com os turistas, o fernando pessoa está lá, não viu, está num banco e toda a gente se mete com ele e tiram fotografias e não sabem que o mataram para o porem ali dentro. eu não quero ser ninguém, está a perceber, senhor silva, não quero ser conhecido de ninguém para quando morrer ficar sossegado. e eu dizia-lhe, ó esteves, mas ninguém o vai incomodar nunca, toda a gente gosta de si. e ninguém o quer matar. e ele abanava a cabeça e dizia, o medeiros hoje, a ganir, dizia, filho da puta, morre filho da puta. senhor silva, o medeiros falou a gemer, falou certinho, filho da puta, vais morrer filho da puta, morre, e durante

um bocado não se calou com isto. não se cala. e eu começo a ficar atordoado e sem pensamento e assim é mais fácil fazerem-me mal como lhes puder apetecer e depois será óbvio matarem-me quando já nem tiver consciência. vão matar-me, senhor silva, eles andam a matar-me.
 eu nunca iria lá acima comprovar coisa nenhuma. dava-me medo de que o outro estivesse a praguejar naquele injetado dos olhos. nada disso. que isso era ver a morte a falar conosco e não era assim que a queríamos. assustadora. eu imediatamente me cheguei para um canto da estreita cama, pus-me na ponta já quase encostado à parede e disse, deite-se aqui, esteves, deite-se. vamos dormir. e o esteves não comentou nem hesitou, esticou-se ali, a dividir as pontas da almofada comigo e subitamente ficou quieto, silenciado, como se tivesse vindo pedir colo à mãe, ao pai, como se fosse criança e tivesse medo do escuro. e eu puxei as mantas de modo a que ficássemos os dois cobertos e o mais confortáveis possível.
 quando o américo abriu a porta para me acordar e afastar as portadas estagnou diante de um certo abraço que dávamos, eu e o esteves, pela posição de dormir. eu abri os olhos e vi o seu espanto. teve um sorriso depois, metido em milésimos de segundos por mil pensamentos, ele sorriu, e havia uma bonomia na sua atitude, não era coisa de nos vir repreender ou fazer-se de zangado. lá foi afastar as portadas e só depois falou, vamos ver então como é que foi esta noite, dormiram bem. o esteves acordou e viu-se um pouco confuso. sentou-se na cama e olhou-me desconfiado. depois riu-se. rimo-nos todos os três. tivemos um começo de dia esplendoroso. o esteves tinha feito cem anos e amanhecera a rir. o fernando pessoa não faria melhor por ele. eu e o américo estávamos extasiados com a maravilha daquele acontecimento. sim, acontecem coisas mirabolantes neste mundo, a imaginação da realidade é delirante. é maravilhosamente delirante.
 senhor cristiano, dizia eu, se lhe falo destes assuntos é porque não quero que pense que não ganhei consciência, e também porque às vezes você me irrita mas é importante

que saiba que não sou tão ingénuo assim. ele sorria e agradecia de algum modo aquela sinceridade. estávamos, havia umas horas, a conversar sobre acolher e proteger alguém, e passámos à boca pequena a dormida do esteves no meu quarto e depois eu lembrara-me de como escondera o jovem estudante que me pôs a ferver contra o regime. o silva da europa provocava-me constantemente, parecia ter desenvolvido um prazer especial nisso. mas nessa manhã, quando gesticulava e fazia o seu estardalhaço de sempre, o anísio deu-lhe uma resposta, ó senhor cristiano, você se não se acalma ainda fica sozinho, é muito enervado. ferve-lhe o sangue. o senhor pereira teve compaixão por ele e acrescentou, tem sangue latino, é dos que se incomodam. e eu estava cansado, dormira menos bem por partilhar a cama com o esteves e quis ir-me deitar um pouco antes do almoço.

a meio das escadas trouxeram-me a horrível notícia.

capítulo
treze
**a
máquina
de
roubar
a
metafísica
a
um
homem**

a morte do joão da silva esteves, glorioso esteves cheio de metafísica, foi um duro golpe. o doutor bernardo disse que morreu feliz. encostara-se a conversar com ele no gabinete, muito descontraído a contar-lhe os sonhos palermas da noite anterior, e subitamente hesitou numa frase e já estava morto. o doutor bernardo, surpreso, ainda pediu, mas acabe lá a frase, o que estava a dizer, ó senhor esteves. e depois é que reparou que ele, a meio de contar algo que o divertia, ficara suspenso, como por uma magia qualquer. ficara incrivelmente suspenso, já sem respirar, morto. o doutor bernardo veio dizer-me que o esteves se lembrava bem dos pesadelos tolos da noite anterior, que estava a rir-se da máquina para roubar a metafísica a um homem e que achava que eu era um anjo dele. o esteves, senhor silva, veio dizer-me que você era um anjo dele. e eu, que estava calado numa tristeza profunda, só então falei para dizer, o doutor sabe que aquele homem é alguns dos melhores versos do fernando pessoa. aquele homem é a nossa poesia problematizada. a longevidade dele foi uma demorada marcha contra a derrota.

   o joão esteves contou ao doutor bernardo que se metera na cama comigo e riu-se. imagine como eu estava, foram os pesadelos, ó doutor, tem de me tirar daquele quarto. parecia que me entravam ali homens armados, com coisas esquisitas nas mãos, e me punham a respirar para dentro de sacos e depois saíam e iam buscar mais gente que entrava e arquitetava cálculos de qualquer coisa e eu insistia para me deixarem dormir e eles não faziam caso, queriam só que eu obedecesse e ficasse calado. um deles cumprimentou o senhor medeiros, direitinho, entrou e foi direto a ele sabendo exatamente quem era e o senhor medeiros, que começara para ali a gemer e a chamar-me filho da puta, estendeu-lhe a mão e estava a mexer-se e tudo. ó doutor bernardo, eu agora estou a rir-me mas para me ir meter na cama do senhor silva veja o que um pesadelo faz à cabeça de um homem. pois, e tenho pesadelos destes porque me puseram naqueles quartos lá de cima. eu ainda me levanto, e ir para ali espreitar o cemitério à janela não me agrada. e depois o doutor bernardo respondeu, se calhar a solução é pô-lo mesmo a dormir com o senhor silva todas as noites. e o esteves riu-se, atirou a cabeça para trás a rir e começou a dizer, eu ia adorar, olhe a companhia dele ia fazer-me sonhar só com coisas. e não disse mais nada. parecia que diria coisas boas, coisas bonitas, calmas, pacíficas, sossegadas, felizes, coisas de alguma espécie. mas já não disse nada. ficou assim ali a meio de um sorriso qualquer, de um riso até, e o doutor bernardo a perguntar, ó senhor esteves acabe lá a frase, coisas quê, malandras. mas o maravilhoso esteves já não se riria dessa piada. já não estava ali para se rir de ter dormido agarrado a um homem na noite do seu centésimo aniversário.

quem acreditaria em mim agora quando eu dissesse que ali viveu verdadeiramente o esteves sem metafísica da tabacaria do álvaro de campos do fernando pessoa. quem não acharia que eu enlouquecera, se nenhum livro comprovara a existência de tal homem. como se provaria isso que para nós estava provado pela espontaneidade e vivacidade do seu discurso. como se perderiam os pormenores, as passagens mínimas que compunham a história bem contada daquele episódio com o poeta. ficávamos pobres de fantasia. perdia-se o elemento da efabulação maior do feliz idade. a partir de então seríamos ainda mais velhos a entrar na senilidade, uns babões sem interesse nem valor especial. apenas um amontoado de ossos moles que ia aguentando o tempo sem nenhuma glória particular. o doutor bernardo pôs a mão no meu ombro e eu sentei-me. cairia das pernas se não o fizesse.

o esteves já tinha sido discretamente levado do gabinete do diretor para a morgue do lar. já sabíamos as ordens, ninguém podia aceder à morgue. só lá entraríamos de olhos fechados, costumávamos dizer, só quando chegasse a nossa vez. com isso estava feito que não veríamos de novo o nosso amigo. iam fechá-lo num caixão sem que soubéssemos exatamente quando, e algum responsável viria para o buscar e levar para o jazigo de família. o esteves tinha ainda dois netos, disse-me o doutor bernardo, eram uns rapazes de ponte de lima que tomariam conta de tudo a partir de então. foram para ponte de lima, perguntei eu. sim, foram para ponte de lima. o mundo gira. anda tudo à volta. nós também. chamei o senhor pereira e disse-lhe, o homem que o senhor me apresentou morreu. morreu o esteves, senhor pereira, morreu o esteves esta manhã, num qualquer ataque de felicidade. era assim que para diante haveria de ser dito, que morrera num ataque de felicidade. começou a rir-se, disse umas coisas sobre os sonhos malucos que teve e morreu. ficou com um sorriso nos lábios porque nem se apercebeu que, no meio daquilo, o corpo o tinha mandado embora. ficou ali especado, o corpo, sozinho do esteves. o corpo deixou-o sozinho, ó senhor pereira, já nem sei o que lhe digo. acalme-se, senhor silva, acalme-se, foi uma sorte nossa conhecê-lo, e foi uma sorte dele viver tanto tempo e ter-se ficado a rir dos seus fantasmas. quem nos dera termos o mesmo acaso de assim acabarmos.

fomos dizê-lo a toda a gente. o anísio benzeu-se e pôs-se a rezar. e por lá fora fomos entristecendo as pessoas com a notícia. o lar da feliz idade estava sempre de luto, como um lar de idosos foi feito para estar.

a elisa veio visitar-me nessa altura. percebeu como eu retrocedera no tempo com a morte daquele amigo. a morte, afinal, dizia-lhe eu, vem mesmo de todos os lados e leva-nos tudo, mesmo aquilo a que nos agarramos para lhe fugir. se o tempo não é linear, a morte não é unidirecional, acomete-nos como um círculo fechando. um cerco. o esteves era como uma boia para que eu flutuasse, e agora vou ao fundo, elisa, é tudo ingrato de mais. e ela tentava animar-me como sabia, sem sucesso. ultimamente passava tempo mais metido na cama. primeiro ainda descia para as refeições e depois comecei a fazer beicinho para que me servissem as refeições no quarto, como aos acamados. senhor silva, perguntava o américo, você ainda não está assim e não queira estar, não seja casmurro. e eu fazia o esforço. mas depois voltava e enfiava-me debaixo dos cobertores como a sentir mais frio e a não querer manter-me acordado. a elisa pedia-me que a deixasse ao menos abrir as portadas, afastá-las para que entrasse luz e eu percebesse eventualmente que os dias continuavam talvez como antes. eu sabia bem o que isso era. o que era ultrapassarmos as dores até que os dias, só por si, nos começassem a parecer valiosos o suficiente. até chegarmos a um momento em que a luz do sol nos parece uma dádiva inestimável e vale a pena viver apenas para fazermos a fotossíntese das tardes, melhor ainda com uma conversa despreocupada com os colegas. abriu as portadas e veio novamente para ao pé de mim. estava na cadeira branca que colocara quase encostada à cama. fez-me umas festas breves na cabeça, afagando-me o cabelo e eu endireitei-me um pouco. estiquei-me ainda deitado. depois decidi sentar-me. sentei-me aconchegando os cobertores até ao colo e olhei para a minha filha já tão minimamente esperançada de sair dali sem sentir-se entristecer. olhei a minha filha e perguntei-lhe, como é que tu achas que se convence um velho como eu do valor da vida depois da morte da tua mãe. como achas que se justifica a vida para alguém depois dos oitenta anos quando perde a mulher que amou e com quem partilhou tudo durante meio século. quarenta e oito anos. a elisa podia começar a chorar. tinha os olhos molhados, metidos à procura de um ponto fixo, abstrato, que a fizesse encontrar uma resposta para uma pergunta sem resposta. não podia fazer mais do que pedir-me que me mantivesse vivo, por ela, pelos filhos dela. por um amor outro que existia e que não podia ser descurado. eu queria que a minha filha fosse feliz e não tivesse de suportar qualquer dor que eu lhe infligisse. eu queria que ela não pudesse guardar do pai uma só mágoa por este a ter atraiçoado, abandonado ou simplesmente frustrado. eu queria muito que a minha velhice não tivesse de ser a sobrevivente do casal, porque a laura, com o seu modo de resistência, saberia implodir melhor do que eu, mantendo intacta a estrutura exterior, atendendo sem falha aos apelos quotidianos dos nossos. eu queria ser o lado pragmático do casal. mas eu era o dos poemas, o lado mais burro e incompetente dos afetos, ainda que aqui e acolá dotado de tanta fantasia e beleza. o silva da europa veio cumprimentar a minha filha. viu-me já sentado e regozijou por isso. o seu pai anda quieto, eu bem tento vir desencaminhá-lo, mas ele é difícil de corromper. sorríamos. a elisa há muito que trocava umas palavras com o silva da europa e gostava de lhe perguntar por mim e pedir por mim, como faziam os pais às professoras dos seus filhos. tem de vir mais vezes, senhor cristiano, tem de arranjar maneira de ele não ficar a encher a cabeça da mariazinha com ideias malucas. o silva da europa era tão mais novo do que a maioria dos utentes do lar que podia ser ainda um funcionário, alguém útil ali dentro e, no pensamento da elisa, era uma sorte que se tivesse apegado a mim por amizade, porque poderia contar com ele. e eu observei como ele era mais novo, estaria agora com sessenta e sete anos, era um moço ainda capaz de se pôr em qualquer lugar e em qualquer situação. estar ali seria quase um masoquismo, um profundo mau gosto. ele dizia umas coisas com a elisa e eu estava nisto até que lhe perguntei, nunca lhe passou pela cabeça que pode ser cruel de mais para si ficar aqui ano após ano a ver-nos morrer, até que cheguem outros e provavelmente morram igualmente antes de si. quantas mais pessoas pode ainda ver morrer. ele ficou calado um minuto. depois disse, o colega silva está a esquecer-se de que trabalhei a vida inteira num hospital, já vi de tudo para se matar uma pessoa. eu sei que as pessoas morrem, caro amigo, eu sei o que é isso. pedi-lhe desculpa pelo mal-educado da pergunta. desculpe, é antipático da minha parte incutir-lhe este pensamento. é antipático levá-lo a pensar como eu, que sou mesmo um velho. o meu caro amigo é jovem, tem e deve ter outra resistência. peço-lhe desculpa. mas ele não fizera demasiado caso. chegou-se mais perto e disse, sabe o que é que afinal foi mesmo uma máquina para roubar a metafísica aos homens. perguntou aquilo e suspendeu-se no nosso ar, expectante, à espera de esclarecimento. o estupor da ditadura. a ditadura é que nos quis pôr a todos rasos como as tábuas, sem nada lá dentro, apenas o andamento quase mecânico de cumprir uma função e bico calado. a ditadura, colega silva, a ditadura é que foi uma terrível máquina de roubar a metafísica aos homens. eu e a elisa rimo-nos. por esta altura o américo já era meu cúmplice na história das cartas para a dona marta. comigo mais parado e a arranjar dores nas pernas e a inventar caprichos e casmurrices, tive de o seduzir para a causa, pedindo-lhe que fosse aos correios pôr ali um selo para que o carteiro fizesse o resto convincentemente. ó senhor silva, você surpreende-me, disse-me ele quando lho pedi pela primeira vez. anda por aí sempre com ar de quem refila, e depois dá-se a estas coisas como a própria nossa senhora de fátima. ele sabia que pegar com a mariazinha era pegar comigo como devia ser. pedi-lhe por tudo que não comentasse com o doutor bernardo. seria confusão a mais em redor da minha pessoa e o diretor qualquer dia fartava-se à grande e punha-me às rodelas nos contentores do lixo. e eu contava-lhe que escrever aquelas cartas me parecia como escrever sobre mim. aquelas cartas eram sobre mim e ajudavam-me a pensar. ajudavam-me a transformar em literatura o que parecia nem ter verbalização possível. e por vezes não tinha mesmo. mas, semana após semana, procurando uma forma de o explicar, sempre havia uma palavra, uma frase que chegava mais perto do que queríamos dizer e do que, afinal, estávamos a sentir. e ele lá veio acusar a entrega de mais uma carta. o carteiro havia passado e estava feito. eu permanecia deitado naquele início de tarde, como há semanas. mas subitamente deu-me vontade de ir olhar para a cara da dona marta quando ela lesse o que lhe havia escrito. pus-me a pé em pouco tempo e desci. ela lá estava, no pátio, sempre ao pé das flores mais pueris e com ar de quem chegara o melhor momento de todos. eu deixei-me afastado, como de costume quando a espiava, numa cadeira a uns metros, mas com caminho direto para as suas expressões. teria ficado ali muito bem, não fora chegar o anísio e, contente por me ver, soltar um grito de alegria denunciando-me a uns quarteirões em redor. a dona marta levantou os olhos do papel que se preparava para ler e viu-nos. levantou logo a voz dizendo, seu velho porco, perverso, assassino, não sei como o deixam andar aqui. e depois virou-se de costas e ficou com expressão de quem comia chocolates sozinha, egoísta, a olhar de quando em vez para trás para se certificar de que não estávamos a espreitar, como uma marmanjona invejosa. o anísio ria-se e confortava-me, este sol não se pode desperdiçar, isto faz-nos um bem que nem imagina. e eu respondi, hoje deu-me para cá vir. e ele acrescentou, tem perdido algumas boas, ontem passámos umas horas a desenvolver a teoria da máquina para roubar metafísicas. eu sorri, sabia onde isso já ia e, com algum jeito, dava para umas semanas de conversa. o anísio voltou a dizer-me que tinha saudades das nossas conversas e que, por vezes, me abria a porta do quarto e eu estava sempre de olhos fechados, a dormir. era para me ir desafiar a ir para o pátio, mas eu, ou dormia ou fazia que dormia. a manha, confessava, é a arma mais sofisticada dos velhos. é a inteligência no seu estado de avanço mais puro. a dona marta voltava a olhar-nos desdenhosa e eu dizia, come chocolates, marmanjona, come chocolates. ri-me, o anísio riu-se e depois calámo-nos outra vez. e eu disse, custa-me muito termos perdido o esteves. ele anuiu imediatamente. e eu acrescentei, o que justifica a vida de um homem depois dos oitenta anos quando perde a mulher que amou e com quem partilhou tudo durante quase meio século. quarenta e oito anos. o anísio fitou-me e respondeu-me, é mais fácil falarmos da ditadura, senhor silva, e de como o senhor cristiano até tem razão nos delírios dele. e eu perguntei, onde anda esse palerma.

capítulo
catorze
**cidadãos
não
praticantes**

puseram no quarto do esteves, junto com o mesmo senhor medeiros que gemia durante as noites, um espanhol. o primeiro e único espanhol do feliz idade. correcto é que era um tipo de badajoz que se nacionalizara português havia mais de quarenta anos, mas estava destituído de todo o juízo e tinha sotaque de quem saíra da origem no dia anterior. chamava-se enrique e tivera um esgotamento qualquer que o punha mais para maluco do que para velho. era velho também, mas apresentava um caso sobretudo mental e, para ficar cheio de sedativos e amarrado a uma cama a pensar em extraterrestres, o quarto com o senhor medeiros bastava como o melhor. ele entrou no lar aos berros, dizia que vinha de badajoz de portugal, sou de badajoz de portugal, tenho direitos. porque, a ser identificado como espanhol por quem lhe punha a mão, irritava-se e reclamava ser tratado com o devido respeito. eu, o anísio e mais o senhor pereira juntámo-nos para o vermos numa cadeira de rodas, seguro por enfermeiros e por uma mulher, a esposa com certeza, enquanto barafustava na recepção. a mulher dizia-lhe, vais ficar bem, aqui vão tratar-te bem. e tu sabes que te amamos muito e viremos sempre visitar-te. e ele ficava vermelho de raiva, como se tivesse vulcões ali por dentro, e gritava, deixem-me em paz, sou português, quero liberdade no meu país. era de uma violência considerável, tanta que nós poderíamos vê-lo como um bicho, muito dissemelhado de um ser humano, como se nem precisássemos de ter por ele uma compaixão equivalente à que tínhamos por qualquer outra pessoa. a dona leopoldina desceu à recepção também. pôs-se diante de mim a exclamar, este senhor não está bom da cabeça. o doutor bernardo começou a pedir-nos que dispersássemos. estávamos a criar uma plateia e o homem ficava mais nervoso ainda. e fomos entrando para o salão, vendo apenas a cena pelas vidraças, quando a dona leopoldina, que ficara para trás, disse novamente, está nervoso, está muito nervoso. e o espanhol enrique, que fumegava perfeito igual às locomotivas de outrora, provando que estava com os nervos à flor da pele, gritou-lhe, puta, sai da frente, puta. a velha, que tinha a mania de que ninguém se metia com ela, encarou-o incrédula, a bocarra a abrir-se de espanto e a responder-lhe, seu malcriado, estar doente não lhe dá o direito de ser malcriado. e ele repetiu, sai daqui, sua velha puta. e ela suspirou, pela alma da minha mãezinha, e fugiu dali para fora atónita de vergonha começando a chorar. o espanhol, avariado, ficou a gritar mais sozinho, a atiçar como uma tourada a começar no lar. o senhor pereira foi perto da dona leopoldina e disse-lhe, você também é uma malcriadona, escusa de chorar.

foi uma entrada em grande para o espanhol enrique de badajoz de portugal. de facto, havia muito que o feliz idade não vivia um momento de glória assim. pusemo-nos nas cadeiras do pátio a espremer tudo aquilo, como se pudéssemos no fim ir contá-lo ao esteves e o tempo passava desse modo.

um indivíduo que queria tanto ser português. um indivíduo que vinha reclamar a nossa cidadania com aquele fervor, recuperando brigas antigas e orgulhando-se de ter nascido em badajoz, a cidade onde os portugueses imaginam espanha. pudéssemos ser todos assim, convictos, sem orgulhos parvos, apenas a determinação de quem aceita ser daqui e edificar com essa raiz a sua vida. somos um país de cidadãos não praticantes. ainda somos um país de gente que se abstém. como os que dizem que são católicos mas não fazem nada do que um católico tem para fazer, não comungam, não rezam e não param de pecar. ó senhor silva, dizia-me o silva da europa, anda para aí tudo ignorante destas coisas. a ignorância é que nos pacifica. a paz está toda metida na ignorância, pronta para levar as pessoas à felicidade. e isto era a receita do regime. igualzinho. hoje podemos ver mas não há quem queira ver. temos um povo que compra o jornal para ler as futilidades, e compra mais ainda as revistas de alcoviteirice, e nem sequer entenderia notícias diferentes. isto não mudou tanto assim, caros amigos, apenas a falta de vergonha, que antigamente havia vergonha, e agora devem estar a tirá-la dos dicionários. toda a gente lê a bola e o problema é que a bola nem sequer explica por que é que o benfica não ganha quando não faz sentido que uma equipa daquelas, sustentada daquele modo, perca desavergonhadamente. a bola não explica nada para a consciencialização dos seus leitores, que compram aquilo como propaganda do clube e depois não podem reconhecer nos jogos a que assistem a glória anunciada no jornal. mas que glória, mas que glória. anda tudo assim um bocado desfasado do que é e parece ser. olhe, hoje é possível reviver o fascismo, quer saber. é possível na perfeição. basta ser-se trabalhador dependente. é o suficiente para perceber o que é comer e calar, e por vezes nem comer, só calar. vá espiar esses patrões por aí fora. conte pelos dedos os que têm no peito um coração a florescer de amor pelo proletariado. que porra de conversa comunista. mas não é possível deixar de ter conversas comunistas enquanto não se largar a merda das ideias do capitalismo de circo que está montado. um capitalismo de especulação no qual o trabalho não corresponde a riqueza e já nem a mérito, apenas a um fardo do qual há quem não se consiga livrar. em quem podemos ter esperança. por mais que amemos os portugueses que estão lá fora, o que vai ser de nós se eles voltam para reclamar um lugar no emprego nacional. o que seria. cessavam as remessas dos emigrantes e todos vinham comer do que é nacional e bom. já viram o que seria. acabava o dinheiro com sabor francês e ficávamos sozinhos com um euro assombrado pela mentalidade do escudo, isso é que não outra vez. até os nossos euros haviam de pensar serem escudos numa crise de identidade à portuguesa como nunca se viu outra. é que somos estuporados por todo o lado, pagamos o mesmo que a europa paga por qualquer coisa, mas ganhamos três vezes menos. temos salário de rato. salário de humanos de segunda. porque os nossos governos não têm tomates suficientes para ler a bola e ordenar que o benfica seja campeão. porra, o que é que se passa. a maior fábrica de futebol nacional não produz resultados à altura há muito tempo, e ninguém faz nada. vocês já perceberam que se o benfica fosse campeão o país até se começava a levantar da letargia. dizem que têm seis milhões de adeptos, o benfica campeão havia de funcionar como combustível nos espíritos da nação e pôr esta gente toda a bulir. até a bola passaria a ser um desportivo coerente. seria perfeito. com toda a gente a bulir, o governo teria piedade católica e aumentaria o salário mínimo nacional para valores suficientes para pôr um aparelho nos dentes dos filhos, comprar um par de botas ortopédicas, um casaco quente para o inverno, conservar o cordão de ouro que nos ofereceram no batizado, pagar o seguro do carro para poder conduzir sem um nó no estômago, ir ver no cinema ao menos um filme não pirateado, ir comer fora uma comida que não seja rápida, fazer um fim de semana de praia em agosto sem pedir aos primos alojamento na despensa do t dois onde vivem. se a bola não percebe de livre e espontânea vontade que o benfica não está à altura dos seus sonhos, tem de ser obrigada a isso. tem de haver uma lei que a obrigue a falar apenas do porto e a glorificar o porto, até que sejamos todos portistas e regozijemos com as suas vitórias e comecemos a trabalhar alegremente a cada vitória do clube do norte, porque os seus jogadores bem o merecem e porque assim estaremos novamente a investir no país. não entendem. tem de ser. não faz sentido uma nação de gente que sofre por um perdedor obrigado a ganhar. é masoquismo. há que desistir de utopias parvas, dessas que facilmente são substituídas por outras hipóteses, como sucedâneos perfeitos. perfeitos, até melhores. vá-se foder, ó senhor cristiano, você é um merda, já nem o posso ouvir. está dito, está dito.

    sabe o que me lixa, ó senhor cristiano, é que você se põe aí com essas missas e não diz o melhor, comentou o anísio. diga lá, anísio, diga lá se alguma coisa da arte antiga explica melhor estas ideias complicadas. é que no meio disto tudo os cães no algarve têm de aprender a miar porque ali ninguém sobrevive sem falar duas línguas. e eu acrescentei, ó senhor cristiano, eu por vezes não sei mesmo de que lado da barricada você está, e nem sei se isso não será já uma confusão da sua cabeça de velhinho. e ele respondeu, eu já ouvi essa do cão e o que é preciso, e vocês não estão a ver, é infernizar. é preciso que as coisas peguem fogo para que se mexam. pôr esta gente a praticar a cidadania, a optar, participar, decidir como se puder decidir. nisto a dona leopoldina passou diante de nós e, por uma vez, calou-se de boca e de gestos porcalhões. rimo-nos à mesma. entre a derrota social e o comezinho do nosso lar ia uma leveza muito grande. como se nada, enfim, pesasse mais nos pratos da balança. que deu à mulher, perguntou o anísio. eu disse-lhe que ela também era uma malcriadona, respondeu o senhor pereira. meteu-se com o espanhol e levou, ficou toda murcha a chorar, não tem jeito nenhum para as pessoas. é uma malcriadona.

o espanhol enrique sossegara algum tempo e umas quantas injeções depois. era de força bruta e resistira como um homem grande, dizia o senhor pereira. estávamos de cabelo em pé pela pregação dessa tarde e achávamos que o lúdico de ir espreitar o português de badajoz nos traria a diversão necessária. mas não aconteceu nada disso. éramos, de facto, um bando de velhos senis, porque quando abrimos a porta do quarto, escapulidos de tantas maneiras do américo e das duas enfermeiras da tarde, demos de caras com aquele olhar de peixe do senhor medeiros e sentimos um eco do desespero do esteves. abrimos a porta do quarto como se estivéssemos a abrir o próprio caixão do esteves. estava vivo de mais o sentimento. vivo de mais o tormento de não perceber nada sobre aquela última forma de solidão.

naquela noite, quando já poderia esperar uma calma maior e um triunfo até sobre as minhas ansiedades, voltei aos pesadelos. aos meus pesadelos. mais uma vez julguei que pássaros negros vinham de pairar sobre as crianças e procuravam-me para me debicarem o corpo. e eu tentava fugir e novamente sentia-me apenas um olhar vagueando, errando indistinto pelas coisas sem saber como materializar-me. eu sonhei que tentava fugir dali, que tentava salvar da fome desses horríveis animais o que restava de mim, talvez a alma, que afinal existiria e estava despida como única memória do que fui. e sonhei que o feliz idade se punha a arder e que o fumo se confundia com a minha alma e a dispersava, obrigando-a a elevar-se para o reino dos céus ou dos infernos. sonhei que, despojada do corpo, a alma me seria roubada pelo mesmo fumo que levara os três velhos acamados de uns meses antes. e depois sonhei com o senhor pereira a gritar, fuja, fuja senhor silva, eu bem o avisei, meu amigo. e eu queria fugir mas já só me sentia ser levado pelo fumo para os ínfimos lugares por onde passava o ar, até chegar ao cimo da casa e ser posto a céu aberto, o céu inteiro negro da noite, e eu a subir como se tombasse por um abismo adentro. que vertigem medonha a de se perder o corpo e se ficar à mercê da grandeza dos espaços, sem lei da gravidade, sem coisa nenhuma.

o doutor bernardo queria muito que eu não voltasse a fechar-me no quarto. já passara o pior, dizia-me ele. é natural que faça o luto do senhor esteves, compreendo que gostasse muito dele, e já passou pelo pior. mas é preciso que se mantenha ativo, que saia para o seu sol de sempre e não se deixe deprimir. senhor silva, não ganhamos nada em nos deprimirmos, é só o que nos vale, mantermos a cabeça desperta para isto ser mais fácil. e eu perguntei, isto o quê, senhor doutor, isto o quê.

em pouco tempo o senhor pereira e o silva da europa sabiam também das cartas da dona marta. em pouco tempo, todos sabiam que as cartas da dona marta eram escritas por mim. calavam-se aqui e ali a fazerem-se de leais para não serem acusados de inveja ou da desgraça da mulher, mas eu já ia suspeitando que a própria dona marta saberia também que as cartas lhe chegavam de alguém que não a porcaria de marido que tinha. o américo entretinha-me com aquilo, acho que estava convicto de que aquela brincadeira me fazia tão bem quanto à velha. e entretinha-me com discursos motivadores e arranjava-me mais papel e envelopes e punha-me a ler-lhe os rascunhos para pesquisarmos sempre melhores ideias. foi numa dessas conversas que ele me disse pela primeira vez que eu devia escrever um livro. imediatamente levou a provocação aos outros. ó senhor anísio, diga-lhe que não se pode ser poeta sem versos, é preciso que ponha no papel umas quantas coisas. e eles insistiam comigo, como se escrever um livro fosse fácil e estivesse nas habilidades de qualquer pessoa. achavam que devia escrever poemas, falavam-me do fernando pessoa e do eugénio de andrade e punham-se a meter-me no meio deles rindo e provocando-me mais ainda. a dona marta, que não parava de me insultar, coisa com que todos nos divertíamos, naquela tarde emocionou-se. ficou com os olhos brilhantes e chorou. a enfermeira que lhe foi falar voltou arrepiada. dizia que ela tinha recebido uma carta muito bonita e estava muito feliz. o senhor pereira disse, está a ver, senhor silva, você tem mesmo de escrever uns poemas para derreter corações em massa. à primeira vista pensei que me estava a dizer que seria qualquer coisa para a gastronomia. mas era em grande escala, em série, sabia eu lá, como um assassino de muita gente mas ao contrário. e o anísio, que andava encantado com as suas árduas escritas, incentivava-me também como mais um tolo ou um sábio, não o saberia eu, que nunca acreditaria em um só verso meu.

essa pode ser a sua forma de praticar a cidadania, dizia o silva da europa. pense bem, deixar um livro cheio de poemas que fiquem para sempre a comunicar com quem lhes pegue, é como deixar uma voz amiga de toda a gente. pense no que é hoje ler o camões e como aquilo ainda nos diz respeito. pense como será deixar por sua mão algo que também chegue ao povo, para que o povo conheça e se enterneça consigo e com o nosso tempo. ó colega silva, um dom desses é uma obrigação, faz de si um cidadão obrigado a um contributo muito especial. é do que precisamos. precisamos que cada um exerça aquilo para que a natureza o dotou e que favoreça o coletivo. e eu respondi, se escrevesse um só poema que fosse, não haveria de ser comunista, como você pensa. e o senhor pereira acrescentou, escreva poemas de amor, amigo silva, escreva poemas de amor, é sempre a coisa que mais falta. eu sorri. talvez pudesse escrever algo, sim. talvez pudesse querer dizer algo às pessoas. calei-me um segundo e senti vaidade. depois pensei melhor. se escrevesse alguma coisa, alguma coisa que deixasse à humanidade como partilha de um sentimento qualquer, haveria de ser aterrador. gostaria de deixar um texto que os amaldiçoasse de verdade, como de mentira andam para aí tantos textos de bruxos e curandeiros. haveria de deixar-lhes um testamento de ódio a partir da morte da minha laura, para que ao menos parassem de louvar a deus e começassem a pôr nos objetivos coisas mais simples e lúcidas. adormeci, entrei pesadelo adentro e os abutres vieram imediatamente buscar-me a carne. entraram pelo quarto e não hesitaram em desfazer-me. não havia poesia capaz de salvar um homem de tal coisa, e nenhuma metafísica seria capaz de encontrar retórica para mediar um diálogo com os furiosos e esfaimados bichos voadores. não sei muito bem quando percebi que o que restava de mim estava já a meio do corredor. percebi infimamente que mudara de lugar e que, em restos de mim, ia saindo do quarto, passando algumas portas e procurando, sem o saber, alguém. nessa noite a dona marta estava com o rosto virado para a parede. dormia para o seu lado direito de encontro à parede branca num sono muito calmo que não anunciava nenhum mal. nessa noite eu levara comigo um livro, não sei sequer qual, e durante muito tempo nem me lembraria de que assim acontecera. eu tinha um livro na mão e a porta não estava fechada. mas não leria nada e não seria pela leitura que ali fora. os pássaros deixaram-me sem corpo e a metafísica questionava o destino da minha identidade. para onde iria, o que seria de mim depois que o corpo me deixasse sozinho, o que seria de mim depois da morte. estava já tão habituado a imaginar-me depois da morte. era uma busca constante por uma transcendência qualquer que me contradissesse. que contradissesse as minhas convicções de que não existe nada para lá do que está diante da vida. a dona marta a dormir era como um ridículo animal que não atentava na sobrevivência. um animal idiota que descurava a sobrevivência e se expunha frágil aos imaginativos meios que a natureza tem para extrair a vida de alguém. e a natureza deu-lhe por umas vezes com o livro na cabeça. directamente na cabeça, sem falha, umas pancadas fortes e pesadas que apertavam a cabeça da mulher de encontro à almofada até que, nuns segundos tão breves, voltasse ao mesmo ponto, exatamente ao mesmo ponto, de encontro à parede. mas era diferente porque entretanto ficara de olhos abertos e deixara de respirar. os olhos a ver a parede sem movimento, e os pulmões quietos, sossegados daquele galope enervante em que se punham quando ela se excitava ou assustava com alguma coisa. eu voltei ao meu quarto. afinal, no feliz idade era estupidamente fácil assassinar alguém. eu não o saberia. não o poderia saber. quando acordei de manhã julgava ter dormido profundamente a noite inteira. assim o julguei por muito tempo.

capítulo
quinze
**velhos
da
cabeça**

durante a noite a senilidade chegou ao senhor pereira como até então não acontecera. ele sentava-se no pátio envergonhado e não tinha explicação a dar. o anísio compadecia-se com o seu embaraço e silenciava-nos numa imposição de respeito. dizíamos, mais uma vez, que era triste a morte da dona marta, agora que até se animava com as cartas. dizíamos isso porque afinal a morte era sempre mais grave do que sujar a cama, perder a autonomia, ser destituído de alguma faculdade. e o anísio dizia que sim, que era pena, e que estava o américo desolado por perder a sua melhor cliente para o correio. o senhor pereira não respondia, ficava entre o nosso diálogo como quem se perde no meio de um campo onde outros jogam futebol. o américo chorara a dona marta, tinha um ar todo enrugado que nos dizia muito do seu apego àquela tão romântica senhora. veio momentaneamente sentar-se ao pé de nós e dizer-me que agradecia o esforço das cartas, o modo empenhado como havia enriquecido nos últimos meses a vida daquela mulher. eu não poderia agradecer as suas palavras, nem sentir-me orgulhoso daquele feito, percebia-me indigno de sentir dó pela morte da dona marta porque meses antes a havia espancado com três mãos até a deixar muda. não tinha o direito de me vangloriar das cartas, se as cartas haviam sido apenas uma resposta às três mãos. e o senhor pereira esforçou-se a partir do seu vexame infinito e disse, o amigo silva não tem de se culpar para sempre do que aconteceu, estamos aqui para fazer coisas que nunca fizemos, é também isso que significa a velhice. estarmos velhos da cabeça.

    o senhor pereira não era velho o suficiente para se sujar pernas abaixo durante o sono. digo que não era porque mantinha ainda uma cabeça boa e nem a idade justificava aquele avançado na decadência. o doutor bernardo pô-lo diante de si e fez-lhe perguntas e depois mandaram-no a uns exames. era possível que o senhor pereira estivesse a ganhar daquelas doenças à séria que se encavalitam umas nas outras atacando o corpo por todos os lados. ele não nos encarava, deixava-se apenas a perceber que estávamos ali e

depois dizia, já não é só ficar mais fraco, é ficar doente também. o américo levantou-se. entrou o silva da europa e, por uma vez, calou-se. não havia nada na sua espevitada política que se adequasse ao drama do senhor pereira.
  a elisa visitou-me. vinha sozinha num breve momento em que lhe apeteceu ver-me. naquele dia eu tinha a mariazinha com a pombinha colada num ombro. uma tira de fita-cola segurava ali a pombinha que lhe partira da nuvem. a elisa reparou e comentou que eu não dava sossego à estatueta. eu até achava que estava a ficar simpático. eventualmente não tão simpático quanto fora por toda a vida, mas mais delicado, uma mariquice que me punha a pensar que a estátua, só pelo esforço de me tentar convencer de que era fonte de uma boa energia, merecia alguma consideração da minha parte. enfim, fazia-me uma mínima companhia, era verdade, era um rosto, até muito bonito, que se punha ali sempre disponível e um pouco expectante para assistir ao que eu fazia do meu tempo. a elisa não trazia notícias nenhumas e, subitamente, dei por mim a dar-lhe conta da vida no lar. foi uma estranha sensação a de entender que, afinal, entregava os pontos à minha filha, fragilizando-me daquela maneira, confiando no seu discernimento para guardar as minhas e as peripécias dos outros velhos, como se lhe pusesse um diário na mão e me reconfortasse na sua confissão. ela não viera contar-me nada, percebi quase dramaticamente, viera ouvir, fazendo as vezes da filha preocupada que, com aquela dedicação, acompanhava a minha velhice aborrecida e triste. o doutor bernardo, depois, trocava umas palavras com ela. seguramente alegravam-se os dois por o tolo do velho estar mais amestrado, amansado como convinha para não levantar problemas nem criar angústias grandes a quem tem ainda uma vida. não podia parar de os odiar um pouco e saber que algum mal se mantinha no meu íntimo. um desprezo que, discretamente, podia vir ao de cima numa qualquer situação. pus-me à janela a procurar as crianças e a afiançar-me de que ali estavam, as mesmas de sempre, correndo atrás de uma bola

com os braços no ar. estavam ali como se fossem produto da casa, coisa que o lar fizesse para cobrar melhor aos velhos a estadia tão confortável de que usufruíam. as crianças confundiam os passos de quem chegava à praça, confundiam os passos da elisa, e ela sorria. metia-se no carro quase outra mulher. quase uma mulher adulta para sempre, convicta de que administrava inteligentemente a família, o que sobrara da família, ou simplesmente eu, o seu pai atordoado entre coisas boas e coisas más, suspeitando que um dia poderia enlouquecer de maldade de uma vez por todas. a elisa punha-se adulta para sempre, a achar que agora era competência sua decidir os assuntos todos relativos às nossas vidas.

o senhor pereira começou a sonhar que estava no lugar certo. começou a achar que estava sentado no lugar certo, e que até tinha sido complicado lá chegar, com pequenas peripécias a atrasarem-lhe o passo e ele a sentir-se cada vez mais aflito e a pensar que não chegaria a tempo. mas justamente quando sentia que não poderia aguentar mais, o senhor pereira sentiu-se sentado e seguro de que conseguiria pôr as pernas a correr o suficiente e de que não havia mais ninguém na casa de banho. estava só e satisfeito. foi assim que se sentiu. exatamente como acontece às crianças, ainda bebés, que fazem xixi na cama. e o senhor pereira fez na cama e acordou uns minutos depois, alterado de terror, incrédulo, imerso no odor nauseabundo que quase lhe impedia os sentidos. ele não acedeu imediatamente ao que ali acontecera. ficou um pouco apavorado sem saber se alguém lhe pregara uma partida, se estava numa escuridão longe do seu quarto ou se alguma coisa apodrecera por ali gravemente. depois acendeu a luz e começou a tirar o pijama limpando-se com os lençóis e chorando. chorava já abrindo as portadas da janela e pensando na vergonha, envergonhado de si mesmo, sozinho, a meio da noite, a febril luz do pequeno candeeiro a arder e ele envergonhado e procurando decidir. é certo que as janelas dos nossos quartos não abrem. são janelas como montras de lojas, apenas para contemplação, mas não um acesso efetivo. o senhor pereira enrolara o pijama sujo nos lençóis sujos e, com as mãos sujas, escapuliu-se corredor fora até ao vão das escadas. ali a janela grande abria, e aberta deixou passar a trouxa lar abaixo até à porta de entrada. o senhor pereira voltou a fechar a janela e correu a meter-se no quarto, sem pijama nem roupa de cama, e ainda mal-limpo. o odor intenso continuava e foi o que, em pouco tempo, lhe pôs ali a enfermeira do turno da noite. a exclamar contra tudo, a chamar-lhe porcalhão, não por ter feito na cama, mas por ter ido despejá-lo na rua, logo à porta do lar, como se aquele lar fosse uma casa de gente que não sabe o lugar das coisas. a enfermeira da noite pôs-se a dizer-lhe que, se calhar, era melhor que passasse para os quartos da ala esquerda. não lhe dizia directamente que estava maluco e igual aos outros, era porque na ala esquerda a ronda é mais apertada, porque os velhos estão por ali a abafar a todo o momento e a arrancar o soro, e um velho que decidisse fazer asneiras àquelas horas dava mais jeito ser vigiado naquele lado do feliz idade. como se ficasse no ar por onde vai a procissão, não tinha como se esconder nem esconder asneira nenhuma.

o anísio voltava a dizer alguma coisa simpática e eu respondia, coitada da dona marta, e achava aquilo estranho na minha boca. e todos concordavam e pensavam que era melhor não pensar mais no assunto do senhor pereira. depois, o américo voltou ao pátio para dizer que me queria falar. entrámos os dois para o lar e fomos até ao meu quarto. entregou-me um pequeno maço de cartas, as minhas cartas. entregou-mas e disse-me que achava bem que fosse eu a guardá-las. hesitei. não seria uma loucura guardar aquele longo discurso de amor, perguntei-me. seria com certeza uma loucura mórbida guardar aquele longo discurso de amor. para me magoar, e porque merecia ser magoado, tomei as cartas presas por um fio e escondi-as dentro da pequena mesa de cabeceira. escondi-as ali dentro sem intenção de alguma vez voltar à sua procura. eram coisa para esquecer. para me esquecer de que o amor, mesmo que inventado, era possível, porque o amor, para

mim, mesmo que inventado, ainda vinha de algo terrível que nos queria enganar para melhor nos abater.
 naquela noite os abutres embateram contra os vidros. eu queria acreditar que estes eram espessos o suficiente para que não estilhaçassem e lhes permitissem a passagem. vinham pelas cartas. queriam as cartas. eu sonhava que as debicariam e desfariam. a mesa de cabeceira tinha uma chave e podia ser trancada. assim estava, trancada, comigo de amedrontado guardião. não era que quisesse conscientemente preservar o que diziam tais papéis mas, no sonho, os papéis eram o caminho para o corpo da dona marta e eu estava a protegê-la. a protegê-la da morte que a queria vir buscar. eu via como os pássaros poderiam debicar o rosto da velha mulher até que não vivesse mais, e queria mantê-la respirando, eu queria que ela respirasse. via-a de encontro à parede branca, o olhar vago ali perdido no escuro, o corpo quieto e mirrado como um tronco secando, e eu quase lhe punha as mãos como a tapar-lhe o sol, como a dar as minhas próprias mãos ao bico dos assassinos, como se me matasse eu, que afinal não me importaria morrer, achava. a dona marta sobrevivia nos meus sonhos. sobrevivia sempre. arrebitando na manhã que nascia e descendo para o pequeno almoço mais gaiteira do que nunca e desprezando-me como era bom de fazer e assim parecia bem que fizesse. eu calava-me, contente, no sonho, estupidamente contente. por vezes, acordava. era quando a escuridão do meu quarto me fazia regressar à realidade, ou então não, levantava-me, fechava novamente as portadas da janela que insistiam em abrir-se não sabia como, e vislumbrava ainda os últimos pássaros partindo, deixando-me em paz por um bocado, talvez fartos das investidas contra a minha oscilante loucura que não lhes entregava tudo sem uma tão complicada luta.
 o senhor pereira, afinal, mudou-se para o quarto da dona marta. pegaram nos trastes dele e em duas horas estava acomodado no lugar da morta. ficava mais perto de mim, o que não seria um castigo, mas castigava-se de pensar que, por se ter sujado, o punham ali a ver se ainda ia de caminho

com o fantasma da outra. os fantasmas, dizia o anísio, não são de agarrar assim como as camionetas, e não passam à hora. quando já foram, já foram. passando se tiverem de o fazer, mas não me parece que o da dona marta queira alguma coisa consigo, ó senhor pereira. ele envelhecera um ano na última semana. estava abatido dos olhos e não nos encarava. o silva da europa corroborava com a opinião do sábio anísio. que aquilo de um fantasma estar por ali era maluco de se pensar. a dona marta, à espera do marido como andava, deve sobrevoá-lo a cada instante a ver o que o prende. que raio de grande ausência era aquela, para mais de três anos, muito mais, e nem notícia, nem boa, nem má. era quase certo que o marido da dona marta estava a pôr-lhe chifres com outra, encantado da gula e servido para sempre de casa e dinheiro. e a dona marta, que era romântica mas não seria burra, haveria de estar a puxar-lhe os pés e a atirar-lhe com livros velhos do alto das estantes. não era de admirar se dissessem que na casa antiga da mulher se viam vultos a cirandar e vozes ecoavam no sótão. era mais do que benfeito que ela se tivesse ali detido a assustar o marido interesseiro com que azaradamente se casara. o anísio dizia estas coisas sorrindo e o senhor pereira bulia pouco. o silva da europa sentava-se e punha-lhe a mão no ombro e dizia, fica aqui mais perto do colega silva, que é uma coisa de feição, se são amigos. e o anísio ria-se e comentava, ainda nos vamos todos meter nesse corredor. e o silva da europa acrescentou, na cama do colega silva, como o esteves. todos juntos em montes a arranjar lugar na cama. e eu sorri. e o senhor pereira sorriu debilmente e o sol começou a aquecer e a nós pareceu-nos que tudo podia voltar a ser como as tardes mais divertidas que ali tivéramos. pareceu-nos que ainda nos riríamos como antes, entre mortos e tudo, a fugir da realidade ou a fugir da condição de não ser mais possível fugir de nada. o senhor pereira agoniou-se, inclinou-se na cadeira para a frente e gemeu alguma coisa. o anísio pôs-lhe a mão nas costas, não batendo, apenas fazendo-o sentir a sua presença e que o tomaria se tombasse. o senhor pereira não tombou. levantou-se atordoado e andou até dentro do lar. fomos todos de corrida a vê-lo. vomitava no tapete coçado do salão. os velhos sentados nos cadeirões de dentro, a dormitar ou a ver dormitar, ficaram impávidos. uma senhora levantou um pouco a mão como para chamar alguém. mas não disse nada. não devia ter mais nenhum som guardado na garganta. levantou um pouco a mão e continuou vulnerável, quase com um sorriso, um sorriso numa expressão muito vazia, como a pedir desculpa por ali estar, como a pedir compaixão, solicitando piedade. o senhor pereira amparava-se no anísio e no silva da europa e a tarde caía. eu não lhe conseguira pôr a mão. não seria seu amigo o suficiente. ou tinha medo, e não sabia de quê. não creio que algum dia tenha sido suficientemente amigo de alguém. fui sempre um homem de família, para a família, e o meu raio de ação esgotava-se essencialmente na minha mulher, nos meus filhos, e nos meus pais enquanto foram vivos. mas os que não tinham o meu sangue estariam sempre desclassificados no concurso tão rigoroso dos meus sentimentos. mesmo quando o meu patrão me fez empresário e me ajudou a passar a mestre da minha própria barbearia, nem isso me deixou aos seus pés prestando vassalagem por muito tempo, nem uma longa amizade ali se criou. encarei tudo como um ofício de homem, uma forma de sermos e procedermos como adultos, de modo responsável e bom. mesmo que o nosso primeiro filho tenha morrido às garras de um deus cretino, e mesmo que cretinas tenham sido as falsas preocupações de quem nos acompanhou à época, eu e a laura fizemos a vida através de um padrão discreto de rebeldia. era uma rebeldia nenhuma, mas antes uma mágoa que não nos fazia agir contra nada nem ninguém, e só nos amargava as ideias para os intentos dos outros. isto passava sobretudo pelo regime, claro, ao qual não desobedecíamos mas do qual não gostávamos particularmente. era uma prudência, como afirmávamos nas poucas conversas secretas em que mencionávamos entre os dois o assunto. e não foi o rapaz estudante, comunista e revolucionário, que ajudei um dia na barbearia, capaz de mudar algo na minha maneira de me preocupar com os outros. se fosse o meu ricardo, se aquele moço no chão da minha despensa fosse o meu ricardo, acometido de ideias e fulgurante na juventude, teria amaldiçoado o regime por fazer do meu rapaz um perseguido, entendendo melhor todas as fúrias que a cabeça lhe levantava e aquele ímpeto para a libertação de todo um país. mas não me era nada, o moço. não era senão um moço, com um garrido engraçado nos modos, mas sem sangue meu, como se isso impedisse que a totalidade das suas palavras entrasse no acústico dos meus ouvidos. como se isso impedisse que a percepção das suas preocupações, ainda que legítimas, me sensibilizasse. era como saber sobre o drama de alguém distante, como alguma notícia que pudesse passar na televisão ou na rádio. algo com que me preocuparia como cidadão de um mundo inteiro, mas não intimamente. como achamos sempre que intimamente não nos dizem respeito as questões verdadeiramente universais. esperamos que exista no universo uma entidade maior, tentacular e poderosa, que venha obviar estas situações e nos desculpe o não envolvimento, o nenhum compromisso, porque somos pequenos, apenas um grão de areia no cosmos infinito e desmobilizamos sem forças físicas nem mentais. o compromisso, pensei eu a vida inteira, é algo restrito e que se tabela pela mais premente sobrevivência. casar, amar, comer, ter filhos, viver para sempre. não morrer. nunca morrer, nem deixar ninguém morrer. ninguém do núcleo fundamental, claro está. não deixar nunca que isso aconteça, de outro modo, tudo se desmorona e a luta foi um fracasso.

    deitei-me. acreditei que o senhor pereira estaria como o último dos homens deitado também na sua nova cama, sentindo-se no poço da morte abandonado. acreditei que uma visita minha lhe faria bem. lembrei-me da dona marta. de como estava diante da parede. de como ficou morta diante da parede. e algo cruelmente me iludia para que julgasse que eu a tinha morto. como se fosse possível a loucura inventar uma realidade tão obstinada quanto aquela. pensei no senhor pereira ali trancado, zangado e triste, e vi a dona marta, nem a dormir, nem acordada, espantada contra a parede como se espantada estivesse com a coragem que eu tivera de, na verdade, a matar. a velhice, pensei, é o cérebro que alui corpo abaixo, até ficar a atrapalhar o funcionamento dos outros órgãos. imaginem que o cérebro cai corpo dentro e depois se fixa, mal fixo, ali em cima do coração, escorregando lentamente, até cair para cima dos pulmões, mal fixo, e lentamente cair para onde está o intestino. e pelo caminho, que porcaria de caminho aquele, que ideias, haveria de fazer com que o coração hesitasse na batida e se esquecesse de amar, como faria com que os pulmões aceitassem parar de voar seduzidos pela matéria e o fulgor da terra, e depois o que restaria dos intestinos, pesados com o cérebro em cima, um cérebro aflito, fora de casa, aflito. eu pensei que a velhice era um cérebro a aluir e senti que me aluíam as ideias, desapareciam, e a clareza das coisas escurecia e eu não fazia mais lógica nenhuma no que sempre regulara o termóstato da minha febre. a cabeça aquecia e o suor abria pela pele. dava-me medo pensar que matara a pobre da velha marta. uma pobre de velha que morria ali de amor sem mais preocupação alguma. depois fechei-me sob os lençóis e não quis saber de mais nada. haveria de afastar aqueles pesadelos a todo o custo. estendi a mão, apenas a mão, para fora da cama, tacteando a mesa de cabeceira, e agarrei a mariazinha. levei-a para junto do meu peito. não queria estar sozinho. a pombinha, até ali ainda segura com fita-cola ao ombro da estatueta, desprendeu-se e perdeu-se nos vincos das roupas. foi por ali algures com o céu coberto sem poder voar. eu adormeci. afundei num sono como em areia espessa. senti a cabeça a entrar almofada adentro sem parar e perdi os sentidos, solto finalmente na benesse do sono durante umas boas e apaziguadoras horas.

    no dia vinte e cinco de setembro de mil novecentos e setenta e um, um sábado, os pides entraram na barbearia às onze horas da manhã e levaram o rapaz, que já era um homem nos seus pequenos trintas. levaram-no sem perguntas, sem confusão. rodearam-me sem me tocarem. não me disseram nada, não havia dúvidas nem explicações necessárias. o jovem homem levantou-se como se soubesse que um dia aquilo viria a acontecer. não poderia ter a certeza de que eu o entregara. não poderia ter a certeza de que eu o tivesse feito. a resistência era tão longa, e tantas as pontas deixadas de fora, que qualquer coisa, muita coisa, poderia ter servido para o detectarem no meio dos milhões de cidadãos. saiu protegendo-me. não revelou qualquer compaixão ou ligação à minha pessoa. não proferiu o meu nome nem pediu nada. deixou-se levar como se fosse um desconhecido que ali entrava sem outro fito além daquele de cortar o cabelo. eu entregara-o três dias antes. os pides andavam às perguntas à laura, que genuinamente não sabia de nada, e achavam que pelo pé da nossa família tinha de haver lixo. apanharam-me a chegar a casa e entraram para um café e umas horas de inquérito. eu não tinha informações, era apenas um barbeiro e, por mais que se converse numa barbearia, nunca se fala de outra coisa que não futebol, mulheres bonitas e doenças. e depois reiteraram a ideia, foram muito concretos, achavam que um cliente do meu estabelecimento estava na resistência, pertencia a uma oposição agressiva, de passar armas entre os malfeitores e atentar contra a ordem pública que era preciso preservar. andaram às voltas com aquilo. percebi, ao fim de um tempo, que não desconfiavam de mim e dei graças ao meu espírito covarde e prevenido por ter proibido a presença de qualquer material propagandístico na barbearia. assim que me vi em segurança, comecei a colaborar. passei em revista os clientes. um a um como a lembrar-me de um a um preceito. sabia que chegaria àquele moço e que, se levantasse uma suspeita, eles teriam o resto para incriminá-lo. assim o fiz. comecei por dizer o seu nome. depois descrevi-o fisicamente em traços breves. depois disse que era um homem silencioso, educado, sem grande conversa. perguntaram-me se ia lá muito. eu disse que aos sábados, quase sábado sim e sábado não. que o próximo era sim. o pide mais gordo veio perto dos meus olhos e perguntou-me, senhor silva, se tivesse um cabrão de um comuna a frequentar a sua barbearia, o senhor diria que era este gajo. e eu disse, sim, se houver um, tem de ser ele. no dia vinte e cinco de setembro de mil novecentos e setenta e um, quando entraram na minha barbearia os pides que levaram o rapaz que, nove anos antes, eu ajudara a escapar, achei que fazia o que tinha de fazer. e assim me senti como a saber e a arquivar o assunto como algo que ocorrera com outras pessoas, verdadeiramente como algo de que soubesse apenas a partir da televisão. um homem preso pelo regime e outro acusando-o, e eu não era nem um nem outro, e a vida continuava como se nada fosse porque ao fim de cada dia encontrava a minha laura à espera de aquecer a sopa conversando sobre os filhos crescendo e sobre como era bom sermos prudentes e legais. vivíamos como se queria, perfeitamente integrados na sociedade, sem papel de ovelhas ronhosas, ainda que sem igreja, sem amigos, sem dinheiro, sem saber nada do futuro, sem dignidade, sem essa porcaria, que não existe e que me vem sempre à boca, a alma.

o salazar foi como uma visita que recebemos em casa de bom grado, que começou por nos ajudar, mas que depois não quis mais ir-se embora e que nos fez sentir visita sua, até que nos tirou das mãos tudo quanto pôde e nos apreciou amaciados pela exaustão. a maioria silenciosa terá de emergir um dia, dissera-me por outras palavras o estudante comunista. tudo era para que não praticássemos cidadania nenhuma e nos portássemos apenas como engrenagem de uma máquina a passar por cima dos nossos ombros, complexa e grande de mais para lhe percebermos o início, o fim e o fito de cultivar a soberba de um só homem. tudo contribuía para essa cidadania de abstenção, para que apenas a recebêssemos por título honorífico enquanto prosseguíssemos sem manifestação. como se humilham as mulheres enquanto homens honorários, nós éramos gente exclusivamente por generosidade do ditador. portei-me como tal. um mendigo de reconhecimento e paz. fui, como tantos, um porco.

capítulo dezasseis
a
memória seletiva

eu confiava ao doutor bernardo mais do que queria. muito mais. preferiria manter a boca fechada, mas algum estranho efeito tinha em mim o tempo que passava e criando uma dificuldade em me manter sozinho e desligado. não contara a ninguém a história do rapaz, nem a laura percebeu como me pus de bom pai de família entregando-o à polícia. ninguém soubera do quanto me amedrontei egoísta naquele tempo do regime. que cagão de homem fui, um burro sonso a remoer por dentro as agruras de aceitar e aceitar sempre calado. não prezei nada do que é a amizade. por isso não sei o que dizer ao senhor pereira e não percebo nada de lá ir fazer com que se sinta bem. e o doutor bernardo disse, voltou a acontecer. agora queixa-se do quarto e diz que não se concentra a dormir, que não consegue dormir. e eu lamentava que assim fosse, como se não lamentasse nada. o senhor pereira sujava-se pernas abaixo durante a noite e estava de fraldas na cadeira do seu quarto. não saía dali, nunca sairia com aquele inchaço nas calças. não era tão grande assim e, se não o soubéssemos, não era a ponto de ser notado. o senhor pereira estava na cadeira e calara-se. queria que o trancassem ali envergonhado e sozinho, para suportar melhor aquilo, para não se sentir mais humilhado ainda. à noite, dizia-me o doutor bernardo, o senhor pereira via a morta a visitá-lo como se viesse perguntar-lhe que diabo estava ele a fazer na cama dela. deambulava pelo pequeno quarto a suspirar e a desgraçar-se porque achava que estava enjeitada de todos. a dona marta punha-se num pranto porque entendera já que o marido a esquecera. o senhor pereira ainda tentou chegar à fala com ela, mas tudo o que a velha lhe dizia de concreto, direto nos olhos como se o fizesse por força maior, era que havia uma morte para cada um. alinhada como em fileiras do exército, aprumada em grande brio para vir colher quem lhe competia no momento certo. a morte era, afinal, a mais organizada das instituições. cheia de afazeres e detalhes, mas muito competente e certeira.

 o esteves foi um delírio, doutor bernardo. que estupidez a minha a de acreditar que fora personagem do pessoa, uma personagem tão fictícia quanto possível. era uma fantasia e eu só caí nela porque queria tanto encontrar algo que me sustentasse diante do sol. esta manhã fui ao cemitério olhar para as pedras da laura. as mesmas pedras frias que têm os outros, e não me disseram nada. perdi mais tempo a ver as fotografias nas campas vizinhas. a reconhecer quem nunca mais vi. o doutor bernardo sorriu e quase me disse algo de bom. estava num sorriso contínuo como satisfeito com alguma coisa e depois é que disse, senhor silva, não se estranhe, está apenas a deixar a sua humanidade vir ao de cima, e talvez há muito tempo estivesse a amofiná-la com tapumes e diversões, agora vejo-o melhor do que nunca, com as suas contradições e os seus pecadilhos. é um bom homem. você é um bom homem. sabia a um enorme fracasso ouvir aquilo. que fracasso redondo o de não ser capaz de me destruir nem no momento em que me colocava transparente aos olhos de outra pessoa.

sentei-me nas pedras da laura e não tive a menor percepção de que ela estivesse ali a sentir a minha presença. não senti a sua, quero eu dizer. não havia ali nada que pudesse recuperar a sensação de tangibilidade com a minha mulher. nenhuma aragem esquisita ou um ruído sinistro que eu pudesse tresler para achar que do além se comprovava a persistência da vida e, melhor, a persistência da laura. se ela me pudesse ver naquele sítio, nem compreenderia como eu me deixara corromper pelas investidas no cemitério à procura de uma familiaridade com o futuro. se ela me pudesse falar, haveria de me enxotar veementemente dali para fora, a pôr-me a jeito de tarefas com valor para os vivos ao invés de desperdiçar o tempo a descontar para a morte. mas era verdade que a entrada naquele lugar ganhara sentido, e cada vez mais, desde há um tempo. algo naquele mesmo silêncio de sempre dizia respeito a um velho homem como eu, sempre atazanado com o saber antecipadamente o que era de sofrer no dia seguinte. depois que a laura morreu os meus objetivos aceleraram-se. objetivos nenhum, apenas a pressa de parar. servir-me na mesa ao contrário e deixar que me comessem para sempre esses bichos de carapaças duras, que forçam a entrada nas madeiras dos caixões e abrem caminho pelas rendas molhadas bordejando os tecidos que floridamente envolvem os corpos. e o doutor bernardo insistia para que eu fosse ao encontro do senhor pereira, vai ver que se animam os dois, e eu respondi, se nos animarmos nunca mais nos vemos livres disto, e eu ando aqui há muito tempo a ver se me escapo, não vou fazer nada para protelar mais ainda a espera. o esteves, doutor bernardo, é que me enganou, o estupor do homem, porque fiquei como os putos a descobrir o rato mickey diante dos olhos e o rato mickey, o senhor sabe, não existe. os ratos não falam. isso não existe. ele levantou-se para me acompanhar à porta, eu que já estava de pé e quase saindo, e respondeu-me, muito do que não existe é do mais importante da vida, não despreze nada, senhor silva, agarre-se a uma fantasia se for boa, que a realidade é benfeita desses momentos mais espertos de lhe fugirmos de vez em quando.

    entrei no antigo quarto da dona marta, depois de brevemente bater na porta. o senhor pereira estava como autista na cadeira, destituído de ideias. não era que fosse definitivo, era uma patologia pequena, leve, como um amuo a sério mas com regresso. caramba, senhor pereira, agora que ficámos sem o esteves é que temos de inventar histórias, porque a grande história ficou feita. e ele não correspondeu. não disse nada. mas é importante referir que pressentiu a minha presença, e levantou os olhos para o meu rosto por um breve instante. e depois eu acrescentei, andei a conversar com o doutor bernardo e ele não me desmotivou a desacreditar no esteves, ficou assim ao meu critério, se eu quiser muito, posso acreditar que aquele foi mesmo o homem no qual o fernando pessoa se inspirou. eu acho decente e democrático que um assunto destes seja posto ao cuidado de cada um para decidir. eu decido, e devo dizer-lhe que penso nisto há dias, que o esteves era um homem correcto e que nos contou a verdade. eu decido assim, senhor pereira, porque prefiro não passar o resto da vida a achar que não conheci ninguém tão incrível como o esteves e que fui apenas um ingénuo tolo. e você, senhor pereira, você tem de se levantar daí e vir ajudar-me a convencer o lorpa do senhor cristiano, e até o anísio, que metido lá nos livros da história antiga já começa a pensar que lhe metemos uma mentira. olhe, e cagar toca a todos e, se alguém nos chatear, cagamos juntos, cagamos neles. o senhor pereira começou a chorar. um choro duro como se uma pedra chorasse, mas as lágrimas eram bem visíveis na sua pele, encontrando a linha dos lábios onde se detinham. ficámos os dois calados um bocado. eu sentara-me na cama e lembrava-me das vezes em que ali estivera. primeiro, quando de verdade entrara para as três mãos que emudeceram a dona marta, segundo, quando de mentira entrara para a matar com as pancadas de um livro. entre a realidade e a fantasia, eu ali decidia muita coisa e voltei a insistir, senhor pereira, isto sem si fica mais difícil e está um sol incrível lá fora, daqueles que antes nos punham a falar de coisas parvas e a rir. o anísio pediu-me que o chamasse se, por acaso, o convencesse a si a voltar ao pátio. se vier ao pátio, senhor pereira, eu também vou, e faço de conta que compreendo para que serve a vida aos oitenta e cinco anos, depois daquilo que perdi. venha. vamos embora daqui.

    não voltei a ver o jovem homem que entreguei à polícia política. posso, agora de velho, pensar melhor nisso e ponderar tragicamente o seu homicídio. um homem daqueles não era de desaparecer se estivesse vivo. apenas a morte o tiraria dos destinos democráticos do país. sei bem agora que o entreguei completamente, sem retorno e, se não senti culpa nem remorso, foi porque a vida era assim, feita para ser assim e eu e a minha laura vivemo-la linearmente, com um juízo de cada vez. quando se sentava na cadeira do meu estabelecimento, e ao longo de quase uma década me confiava os planos ansiosos das forças de esquerda, eu ouvia-o com o entusiasmo leal de quem revigorava covardemente, de quem atingia o orgasmo com o pénis dos outros, como quem fazia a glória só por assistir quando a via passar na rua, apropriando-se indevidamente do que não lhe pertencia. e eu apropriei-me do entusiasmo do rapaz, fui guardando para mim a satisfação de alguma coisa estar a ser feita contra a opressão, como se eu estivesse a fazer alguma coisa contra a opressão, alguma coisa mais do que deliberadamente cortar o cabelo a um indivíduo que se recusava a baixar a guarda e a viver no enfiamento em que nos padronizávamos a todos. cortava-lhe o cabelo e bastava-me de coragem. não é estranho, pois, que pensando embora que eu fosse um bom homem, me viesse facilmente a torpeza de caráter ao de cima e o desejo de retirar de mim a mira laminada da polícia política. ao entregá-lo não hesitei, é verdade. protelei, andei por ali às voltas na conversa para que não fosse óbvio o conhecimento que tinha do envolvimento do rapaz com a esquerda proibida, mas foi apenas uma encenação cuidada, como só cuidadamente o poderia fazer para valer a pena e me salvar. depois, na hora h, entreguei-o, quase sentindo uma euforia interior que tinha de abafar, uma euforia por ter conseguido levar aqueles policiais experientes a seguir o caminho que eu indicava, sem suspeita de maior nem retorno. expliquei-lhes que no sábado seria dia para o ver. quase certo como tudo. e o pide voltou a perguntar, segurando uma fotografia do rapaz diante de mim, estamos de olho neste homem há muito tempo, quase cheiramos pela fotografia o porco dos seus instintos perversos contra o nosso estado, se o senhor silva me diz que ele se pôs com conversas propagandistas, nós metemo-lo na gaveta. e eu perguntei outra vez, e acusam-me a mim de o ter acusado. não posso ter a barbearia aberta se souberem que entreguei alguém. o homem enfureceu-se e disse-me em gritos que todos os cidadãos tinham o dever de colaborar na eliminação destas ameaças, e eu acenei que sim. era só porque ficava vulnerável e exposto até perante outros indivíduos da esquerda que se quisessem vingar. e ele foi olhar nos olhos da laura, que estavam apavorados, e ela seguia dizendo que nós não tínhamos ligações a nenhum movimento, que éramos os mais correctos cidadãos e que da nossa família só se esperavam a virtude e o trabalho. a laura, que estava de pé, perto da porta da cozinha, levou as mãos à boca e choramingou algo. o pide recuou e afirmou, e nós sabemos disso, dona, nós até sabemos disso. e eu insisti, esse homem disse por duas vezes algo que achei suspeito. não que faça propaganda, como diz, mas em conversas pequenas, porque não é de conversas, às vezes fica-lhe um amargo qualquer, assim um queixume, parece indisposto, não conformado, é só isso. o polícia veio até mim, a fotografia do rapaz sempre erguida sem tremer e perguntou, o senhor silva acha que este homem é um perigo para a nação. e eu respondi, sim, acho que sim, mais por sentir do que por ter a certeza, eu acho que sim. esse homem é um perigo para a segurança e para a paz da nossa nação, senhor polícia.

nunca mais o vi. com o vinte e cinco de abril, logo em mil novecentos e setenta e quatro, apenas três anos depois, seria de o rapaz me aparecer a contar-me o que houvesse para entender. eu nunca percebi o que lhe teriam dito depois os polícias. como teriam feito justiça e prova para o engavetarem. nunca mais o vi. e um rapaz daqueles, novo, com um percurso profissional todo a ganhar importância, era gente para ser notada depois da liberdade. gente para estar aí pelo caminho. mas se não aconteceu assim, eu sei, foi porque o mataram, e vejo bem que o matassem, irrequieto e indomável como era, terá padecido achando que a pátria o lembraria por aquilo, que o homenagearia por aquilo, que faria com que valesse a pena acabar a vida aos trinta sem conhecer a extensão do mundo quando não se vive mais num regime fascista e o mundo passa a ser transfronteiriço e criativo.

cheguei com o senhor pereira ao pátio e até o anísio já lá estava e o silva da europa deu um grande hurra, mesmo à medida do seu espalhafato do costume. depois meteu logo conversa. juntem-se a nós, estamos para aqui a ver como param as modas com o espanhol. e sabem que mais, portugal ainda é uma máquina de fazer espanhóis. é verdade, quem de nós, ao menos uma vez na vida, não lamentou já o facto de sermos independentes. quem, mais do que isso até, não desejou que a espanha nos reconquistasse, desta vez para sempre e para salários melhores. deixem-se de tretas, meus amigos, que o patriotismo só vos fica mal, bem iam assentar-vos uns nomes à maneira, como pepe e pablo, diego e santiago, assim a virar para o lado de lá da fronteira, onde se come mais à boca grande e onde sempre houve mais ritmo no sangue. aqui, enquanto houver um salazar em cada família, estamos entregues ao inimigo. o senhor pereira, de fralda e tudo, encarou o silva da europa e pediu-lhe que tivesse piedade dos nossos ouvidos. só um pouco. para que o sol viesse sem medo bater-nos na pele. até os astros lhe hão de fugir, senhor cristiano, dizia o anísio, até o sol há de marchar para outro lado como se viesse a noite mais depressa. rimo-nos. estávamos a rir.

as mulheres portuguesas é que faziam os espanhóis. abriam as pernas e pariam-nos a todos, estes espanhóis enjeitados, arrependidos, com vontade de voltar a casa, para terem melhor casa, melhores salários, uma dignidade à grande e não esta coisa quase a tombar ao mar, como se cada vez mais pressionada contra a parede, a suicidar-se, cheias de saudades, remorsos, queixas e tristezas frustrantes.

o enrique de badajoz de portugal veio ao sol numa cadeira de rodas e acompanhado por uma enfermeira que lhe punha a mão no ombro, como se faz a quem está prestes a atacar de salto. passava os olhos por nós e via alvos a abater. era intenso o desejo de nos estraçalhar a todos, talvez pensando que não lhe permitíamos a cidadania portuguesa. tínhamos estado a comentar que porcaria era a cidadania portuguesa, mesmo depois da revolução e como poderia ser melhor a espanhola. mas na cabeça daquele homem a tradição deste lado da fronteira cumpria mais adequadamente os seus anseios. o silva da europa disse, bom dia senhor enrique, bons olhos o vejam. o espanhol tossiu como para morrer. estava perto de nós e talvez ouvisse atordoadamente o que para ali se dizia, mas não havia de participar, estava numa realidade à parte. calámo-nos. estivemos um pouco à procura de nada, apenas a sucessão

de pequenas coisas, como num filme melancólico. e depois
o senhor pereira afirmou que talvez fosse um cancro. tenho
isto para aqui tudo estragado de cancro. porque de início
parecia ser só uma distração do sono com os sonhos, mas
agora parece algo mais sério, não sinto nada como antes e
subitamente não depende de mais nada. tem vida própria e
a minha própria morte. é a próstata, perguntava o silva da
europa. e o anísio censurava-o, ó homem, você nem parece
que trabalhou num hospital. e o senhor pereira continuava
dizendo que não se sabia. andava em exames e era verdade
que já lhe tinham enfiado dois dedos no cu para ver se
estava certo dizer-se que tinha cancro da próstata. disso não
tenha vergonha, disse o silva da europa, já todos nós fomos
a esse médico, se é que me entende. sorrimos. o espanhol
começou a gritar badajoz de portugal e achou que alguém
vinha das astúrias a cavalo para expulsar os ímpios do
território e repor o brio no sentimento nacional. e nós
estávamos pouco importados com isso. dizíamos asneiras,
era o nosso modo último de ter nação. estávamos demasiado
ferrados pela idade para sermos coerentes e de confiança. o
silva da europa achava que o terror do espanhol havia de ser
convencer-se de que nascia um franco em cada família
portuguesa. tudo ao contrário, como se fosse a mesma coisa.

Capítulo Dezassete
A máquina de fazer espanhóis

A dona Leopoldina refilava com o inspetor dizendo-lhe claramente que não queria mais que pusessem ali os pés. Era uma maçada estar continuamente preocupada com uma pinga de sangue que alguém deixara cair no chão do seu quarto. O inspetor Isaltino de Jesus torcia-se todo de impaciência e, ao querer explicar à velha senhora que aquilo não era para querer ou deixar de querer, acabava por parecer agressivo como se fosse prendê-la. O seu tom tornava-se ameaçador e a mulher, ao invés de se encolher, esticava as mamas para fora e reclamava um sossego imediato.
"Isto não é de lei o senhor vir para aqui fazer-me perguntas a que não sei responder. Veja lá se na escola fosse assim, fazer aos alunos perguntas de matérias que não foram estudadas, seria o caos. Não é da minha competência explicar uma nica de sangue no chão, e o senhor também não tem competência nenhuma porque também não arranja nenhuma solução e não me vai prender por isso, pois não?"
O inspetor dava um passo atrás e outro à frente e chispava como podia naquele quarto exíguo.
"Dona Leopoldina, se há por aqui quem cometa crimes talvez lhe interesse que lhe ponhamos as mãos, porque um destes dias ainda acontece que o assassino chegue ao seu pescoço."
Ela exclamava indignada:
"Está a ameaçar-me? É uma ameaça para me estrangular? Alguém ouviu isto? Ouviram este homem a dizer que me vai matar?"
Quando o inspetor Jaime Ramos chegou, foi ao pátio como se no pátio estivesse toda a ciência daquele lar. O espanhol Enrique barafustou qualquer coisa e o polícia deteve-se a olhar para ele como a entender se aquilo era de aproveitar ou se seria apenas a tirada de mais um maluco. E o espanhol disse outra vez:
"Somos portugueses. Somos todos portugueses. Estamos livres de Franco, livres de Franco."
O inspetor Jaime Ramos franziu o sobrolho e não conteve uma resposta.

"Ó senhor, ainda há disto? Estávamos bem era a falar castelhano, com salários castelhanos e uma princesa bonita para as revistas. Que filho da mãe de erro este de proclamarem soberania nos arremedos de uma península!"

capítulo dezoito
deus é uma cobiça que temos dentro de nós

não era um assunto, o das flores destruídas no cemitério. para mim não era um assunto e o que acontecia passava numa outra dimensão, dimensão nenhuma, como se entrasse directamente numa irrealidade, ou coisa nenhuma, que não teria sentido sequer para ser citada. a cada sábado que a elisa asseava o túmulo da laura, antes ainda de entrar no feliz idade para me ver, eu esperava que me deixassem sozinho para correr ao cemitério e espezinhar as flores. desde que ganhei coragem para entrar naqueles portões que assim acontecia e tantas vezes aconteceu que me habituei a ter daquilo memória nenhuma. era um gesto, uma fúria a vir ao de cima e que se manifestava pontualmente sem razão nem sentido, apenas uma mecânica que tomava conta do meu corpo e o punha a fazer o que, depois, não me vinha mais à ideia. não era, por isso, um assunto e comecei por refutá-lo, convencido de que ainda teria crédito para que acreditassem em mim e culpassem outra pessoa qualquer. o doutor bernardo andava a adiar esta conversa, e tão adiada estava que a elisa ia poupando o exercício da autoridade do diretor do lar esquecendo também tal coisa e resignando-se grandemente a encontrar, de modo reiterado, o túmulo da laura permanentemente como se fustigado por um temporal severo. eu punha as orelhas baixas com ar de asneira infantil e quando admiti que era eu quem espezinhava as flores fi-lo como se a minha voz estivesse no fundo de um poço, com a voz no fundo da coragem, por ser tão difícil estar a dar parte de velho tonto e teimoso. a elisa não me estava a censurar, o doutor bernardo é que me dizia aquelas coisas óbvias que se dizem às crianças e, por mais infantil que a situação fosse, eu não descia completamente à condição de menor, era outra coisa, um tempo completamente diferente e dotado de desafios completamente diferentes.

    houve uma mulher que me viu, um dia, sobre o túmulo da laura como a dançar em cima das flores. começou por me perceber ao longe, estando eu agigantado por ter subido às pedras, e não seria normal que um homem tivesse ali mais de dois metros. ela começou por semicerrar os olhos para ver melhor, a tentar que a vista se apurasse para transpor a claridade da tarde e chegar até ao que eu estaria a fazer. depois deu uns passos na minha direcção e eu percebera-a mas não me deixara intimidar. naquela tarde, já umas quantas vezes fizera aquilo, eu estava sobre o túmulo da laura como por direito próprio, a desfear as flores para que restassem por todo o lado punidas pela beleza que queriam trazer àquela morte. nenhuma beleza havia de se erguer levianamente diante de mim naquele lugar onde devia tanger o corpo da minha mulher. nenhuma beleza vestiria aquela brancura para me enganar do vazio da pedra, do frio da pedra, do modo como a pedra nem ouvia nem falava. estes não são os vestidos coloridos da laura, não são os seus modelos delicados com os quais se compunha todos os dias para ser uma senhora como nenhuma outra. estas flores idiotas não podem nada contra o que ela era, não são nada para a dignidade que ela tinha e para o amor que nos uniu. e a mulher enchia-se de ar e dizia, ó senhor, está louco, desça daí, saia daí. umas flores tão bonitas, está a dar cabo de umas flores tão bonitas. e eu acabei por descer, acabei por sair com a sola dos sapatos ainda esverdeada e a esfregá-la no caminho por onde se soltavam algumas pétalas como incríveis pássaros abatidos. nessa tarde, a mulher incrédula voltou a assear o túmulo da laura e ali deixou umas poucas flores que trouxera. eu percebi que faria isso. percebi que se apiedaria de quem ali fora fazer o primeiro enfeite, que se apiedaria de quem ali estava deitado na morte, e faria o que o seu coração mandava, para se mediar com a consciência e, sobretudo, para se mediar com deus, esse olho gordo aberto nas nossas cabeças. sim, nas nossas cabeças.

 deus é uma cobiça que temos dentro de nós. é um modo de querermos tudo, de não nos bastarmos com o que é garantido e já tão abundante. deus é uma inveja pelo que imaginamos. como se não fosse suficiente tanto quanto se nos põe diante durante a vida. queremos mais, queremos sempre mais, até o que não existe nem vai existir. e também inventamos deus porque temos de nos policiar uns aos outros, é verdade. é tão mais fácil gerir os vizinhos se compactuarmos com a hipótese de existir um indivíduo sem corpo que atravessa as casas e escuta tudo quanto dizemos e vê tudo quanto fazemos. é tão mais fácil se esta ideia for vendida a cada pessoa com a agravante de se lhe dizer que, um dia, quando morrer, esse mesmo sinistro ser virá ao seu encontro para o punir ou premiar pelo comportamento que houver tido em todo o tempo que gastou. e a comunidade respira mais de alívio por saber que assim estamos todos policiados da melhor maneira, temos um polícia dentro de nós, um que sendo só nosso também é dos outros e, a cada passo, pode debitar-nos ou acusar-nos e terminar o nosso percurso com facilidade. eu sei que a humanidade inventa deus porque não acredita nos homens e é fácil entender por quê. os homens acreditam em deus porque não são capazes de acreditar uns nos outros. e quanto mais assim for, quanto menos acreditarmos uns nos outros, mais solicitamos o policiamento, e se o policiamento divino entra em crise, porque as mentes se libertam e o jugo glutão da igreja já não funciona, é preciso que se solicite do estado esse policiamento. que medo o de voltarmos ao tempo de uma polícia para costumes e convicções. que medo se voltamos a temer os vizinhos e os vizinhos nos puderem entregar por ideias contrárias. que medo se nos entra outro filho da puta no poder, a censurar tudo quanto se diga e a mandar que pensemos como pensa e que façamos como diz que faz. que medo de tudo se em tudo quanto os homens fazem vai a vontade torpe de ultrapassar o outro, poder mais do que o outro, convencer o outro de que fica bem no andar de baixo e depois subir, subir o mais sozinho possível, porque ganhar acompanhado não satisfaz ninguém. estamos a fazer tudo errado agora, sem valores, sem medo da igreja, sem um fascismo que nos regule o voluntarismo. estamos como que sozinhos da maneira errada. mais sozinhos do que nunca, a ver a coisa passar sem sabermos muito bem em quem confiar. e nisto, é verdade, pressupomos que todos são bons homens, mas a cabeça de alguns, se não a de todos, tem de estar a cozinhar muito do esquisito que para aí acontece e se sente. muito do esquisito que nos impede, mais e mais, de acreditar nos homens.

e a lei, essa coisa sensível que gosta de nós e se preocupa com o estarmos felizes e confortáveis, comove-me. põe-se à espreita dos gestos todos e salta-nos em cima com entusiasmo se lhe parece que nos arrogamos mais espaço do que o esperado, ou se simplesmente queremos tomar uma decisão sozinhos, tragando o que é nosso, sem ter de dar conta aos outros do que é nosso, do que toda a vida foi nosso e, agora, é sempre por percentagem do estado também. haviam todas as coisas de ser de comer. tudo. carros e casas haviam de ser de comer. e no momento em que estivéssemos para morrer e deixar para impostos e taxas e roubalheiras assim, comíamos tudo e depositávamos no testamento o monte de merda que dali resultasse. comíamos tudo, e deixávamos um grande monte de merda que, se quisessem vê-lo transformado novamente em casas e carros, teriam de usar para estrumar os campos e depois plantar e regar e tomar conta e depois colher até venderem laranjas das boas como antigamente se fazia no país inteiro.

eu não assinaria outro testamento. estava irredutível. descobriram naquele tempo que eu fizera um testamento, apenas um mês após a morte da laura, onde excluía o ricardo de tanto quanto podia, que era quase nada. porque a terna lei obriga a que um filho seja contemplado com os melhores naperons. e não voltaria a assinar nada, nem que ele me aparecesse ali, gritava eu, e ele que não me aparecesse ali que eu era bem capaz de o reclamar como se tivesse direito a reclamar-lhe a vida de volta.

a elisa começara a chorar e eu estava obstinado com a intenção de mandar em mim de novo. não podia ser que me destituíssem de tudo e menos ainda que me viessem falar de dinheiro, porque quase me doíam os dentes com as ganas de desatar a desfazer tudo, comer tudo, e não lhes poupar nada para gastarem à minha custa, à custa do quanto fiquei de pé a cortar cabelo, que ainda havia quem trabalhasse sentado, mas não eu. não me viessem dizer quem podia ou não ficar com quanto construí, junto a grão como as galinhas, com cuidado, com medo, com dúvidas sobre cada dia e noites de insónia. o doutor bernardo bem podia esquecer o seu paternalismo, aquele tom doce que me punha diabético das ideias. bem podia calar-se porque a raiva nunca me permitiria voltar atrás na questão do orçamento, entregando ao meu filho o mesmo que à elisa. e ali se via como nem tudo era garantido e expectável. nada mesmo. porque eu fora sempre um homem de família, para a família, protegendo a minha prole a pulso, como um lobo sempre feroz e capaz de qualquer ataque. mas não poderia continuar a sê-lo quando um dos membros do núcleo fechado do meu mundo desmerecia, por sua conduta, a dignidade de nos pertencer. e eu era muito claro a dizer isso mesmo ao doutor bernardo e à elisa, que não podia admitir que o ricardo se pensasse digno de mim, digno da laura, porque tudo tinha sido um erro. como um amor errado. estivera no nosso coração um dia, mas quis ir-se embora, não nos pertence mais e não está mais cá dentro. foi um equívoco, um equívoco da natureza, se quiserem, mas ainda assim suficiente para que a minha decisão esteja tomada, porque nem sinto que seja decisão alguma, é mais forte do que eu.

 eu expliquei ao doutor bernardo que a minha pacificação para com a mariazinha era cortesia de um cavalheiro e não uma inflexão nas minhas convicções nenhumas acerca da transcendência. se a meti dentro dos lençóis, deitando-lhe mão como se fosse navio e me agarrasse ao cais, foi porque me perdi um pouco nos pensamentos e me deu vontade de achar que tinha por ali uma companhia. mas não era mais significado nenhum. nada. não achava sequer que a estatueta tivesse um resquício de gente ligada a ela e fosse desatar a conviver comigo. não convive comigo aquela coisa da nossa senhora de fátima, entende, doutor, não há nossa senhora, não há deus, e fátima é só um lugar onde as pessoas ficaram doentes da cabeça. a elisa saíra para apanhar ar, e eu terminava a conversa revoltado. enfurecido ia ameaçando para que não se atrevessem a declarar-me inabilitado. para que não me incapacitassem para as coisas da minha parca herança. isso, para um homem que não espera encontrar ninguém do lado de lá da morte, é o pior dos roubos. o de não me deixarem a liberdade de escolher a quem entregar aquilo que, afinal, é mesmo o resultado concreto, real, da vida, o monte de trastes que acumulamos. quem ali se meter de cu sentado, a gozar a vista da minha varanda, será o símbolo acabado do que significou quem fui, será o detentor daquilo que fui, e mais nada, porque em mais lugar algum estarei para continuar. se fui, fui para viver ali, com a minha laura, para vermos aquela vista e acharmos que, depois de tantos anos, sempre desenrascáramos alguma esperteza. não me venham obrigar a entregar tudo a quem não quero, a quem não reconheço legitimidade para tomar quem fui, afinal, quem ainda sou.

entrei pelo quarto do anísio sem bater, nem com respeito algum. eram aqueles santos todos, a cobrirem móveis e paredes, que me alteravam o espírito. ele assustou-se com aquele meu gesto mal-educado e percebeu a minha alteração. barafustei por uns momentos. discursei sobre o que não tenho sequer memória. um arrazoado de queixas e ameaças que não valiam nada senão o meu desespero. depois acalmei, faltou-me o ar e sentei-me sobre a cama, quando o anísio disse, senhor silva, não adianta nada essa ansiedade. e eu respondi, quem se senta na cadeira do papa, cada novo papa, entra na verdade numa longa linhagem de assassinos. deviam ter vergonha. e as pessoas esperam de um homem assim a salvação de todos os povos e não se lembram que a tradição da casa é a discriminação atroz e a perseguição até à morte. veja como se vestem. parece que vestem cortinados como se fossem uns maricas de circo a mostrar que são capazes de equilibrar estes disparates nas cabeças. nem as mulheres haveriam de querer vestir-se assim. ficam mesmo com ar de quem acredita em cristo, num pobretanas qualquer que professou a miséria e viveu na miséria. não lhe parece, anísio, perguntava eu, não lhe parece que é isso que está a ver nesse livro aberto. veja bem a cara desse gordo fale-me da pobreza como ela existia quando éramos novos e de como o regime nos lixava a todos. por que razão o anísio, o sábio anísio de olhos de luz, haveria de ser crente, intrigava-me e ofendia-me. ele sorria. passava as mãos pelos santos, tinha por ali uma bíblia também, e depois dizia-me que era mais uma maturidade de sentimentos, o saber por instinto que não estávamos sós. e eu insistia que aquilo era uma loucura, que antes do cristo já abundavam os profetas nascidos a vinte e cinco de dezembro, filhos de mães virgens, mortos e depois ressuscitados ao terceiro dia. era uma história contada vezes sem conta até que, de tanto ser contada, as pessoas acreditaram que virou passado e não imaginação. o anísio voltava a sorrir e provocava-me, lembrando-me do episódio da mariazinha metida comigo noite dentro. o anísio, para minha grande frustração, não entendia nada e achava que, depois que morrêssemos todos de próstata e outros cancros localizados mais a respeito, haveríamos de aparecer num outro lugar e rir de tudo. a mim parecia-me que estava a passar um filme algures e subitamente nós entrávamos na imagem, sem ensaio, com um figurino surpresa, a ler no ponto as deixas que nos manteriam em ação eternamente. a vida depois da morte, dizia eu, é uma aberração de sentido. seria obsceno que deus existisse, anísio, uma atrocidade. porque se deus algum dia existiu, e se tiver vergonha na cara, matou-se depois de tanta porcaria que fez. e o anísio respondia-me, ai, senhor silva, que porcarias diz você. que porcarias. assim o disse e se fez um silêncio de três segundos. em três segundos, sentado eu sobre a cama e ele na cadeira, ainda com o rosto de um qualquer papa a olhar para ele a partir das páginas expostas de um grande livro, sentimos que nos digladiávamos inutilmente. que a tarde estava alta e o sol andava lá por fora a fazer o mesmo de cada dia, impávido e absolutamente indiferente às nossas diferenças. isso sim, o sol, que era todo posto no céu e poderia com certeza ver por cima das nuvens e dos anjinhos, estava para ali a passar e

beneficiava a todos. isso sim, era de se lhe tirar o chapéu. três segundos de silêncio e eu e o anísio pensámos nisto tudo numa rapidez milagrosa e rimos.
 com o anísio de braço dado, fui pedir desculpa ao doutor bernardo pelos gritos. reafirmei as minhas convicções e garanti que não deixava de pensar lucidamente nada daquilo que pensara enquanto estivera alterado, mas pedia desculpa porque não queria ser tomado como um velho malcriado e queria, isso sim, muito mais importante, que entendesse que estava de cabeça formada como deve ser. o que quero, quero de há um bom tempo e não há senilidade que me possa afastar daquilo que, com toda a inteligência e determinação de que fui capaz, decidi. o doutor bernardo aligeirou o paternalismo e quis compreender o que eu lhe dizia. o anísio intercedeu por mim, não se pode descurar a dor do nosso amigo silva, doutor, não se pode fazer tábua rasa de uma perda assim e do que representa a não comunhão dos nossos. o doutor bernardo punha-se todo mais à superfície das psicologias e aceitava claramente o argumento que eu defendia. não era preciso escola nenhuma, para além da erosão do tempo, para aprender uma justiça humana daquelas. era verdade para todos os homens a justiça de uma mágoa assim.
 não quis telefonar à elisa. agradeci a lembrança mas entendi que o seu incómodo era necessário para que não esquecesse a fronteira do meu domínio. fui ao cemitério e, por uma vez, endireitei as estúpidas flores como pude e fiquei a fazer de conta que era de acordo com aquilo. não garantia que não o voltasse a fazer, e voltei, apenas queria que me deixassem em paz e ser capaz de me voltar a rir. o anísio estava comigo e fazíamos a dois o serviço como se fosse até algo divertido. procurávamos a ciência de embelezar um túmulo, a ver onde escondíamos os restos, como trazíamos água, onde haveria de estar guardado o balde preto que as mulheres usavam a empréstimo do coveiro. estávamos naquilo como entretidos e o anísio reparava na fotografia da laura ainda nítida e colorida e pensava para si o que no seu

rosto se espelhava. tinha uns olhos igualmente brilhantes, uma luz própria no rosto, esfuziante. e eu disse-lhe, o pior ainda é ter de a ver nessa imagem oval, encolhida aí nessa fotografia cravada no mármore. chegar aqui e vê-la reduzida a esse ponto, uma coisa tão pequena para quem explodia nos lugares como uma aparição. torna o convívio com este lugar um exercício muito específico. algo muito incomparável com outra experiência qualquer. o anísio respondeu, eu ia dizer que era uma senhora muito bonita, senhor silva, tinha um rosto muito bonito, de quem teve um bom sossego em vida. e eu perguntei, por que sossego. passei-lhe eu a ideia de que éramos ambos desassossegados. e ele hesitou, depois não disse nada. eu lembrei-me do senhor pereira, estava na hora de irmos ver como corria o seu dia. encarei novamente o anísio e disse-lhe, quando eu estiver para morrer não me tragam um padre, não permitam que me toque ou se ponha a rezar ao pé de mim. quando eu morrer quero garantir que não vou para o céu.

fui repeti-lo ao senhor pereira que acabou por achar divertida a ideia. se algum anjo me vier buscar, dizia eu, cortem-lhe as asas, afoguem-no, mas não o deixem escapar comigo por aí acima. quero ser deitado fora. metido aí para baixo de terra como ficam as coisas a que ninguém se lembrou de imaginar uma alma. não autorizo que me levem para o céu. não autorizo que me levem senão para o fundo porco da terra onde os bichos me comam e me poupem, para sempre, do incómodo de estar consciente da injustiça que é existir. o senhor pereira sorriu novamente e depois calámo-nos. calámo-nos a ver o que mais nos apetecia dizer e fez-se um breve e curioso silêncio. havia uma certa ansiedade entre os quatro. eu, como desfiando em mim a heresia com que me entusiasmava, o anísio descontando tudo no bom que era eu ter recuperado a cor e estar animado, o silva da europa quase eufórico por encontrar em mim um espalhafatoso companheiro, à altura das suas intervenções exuberantes e terminantes, e o senhor pereira menos. bastante menos o senhor pereira, percebemos então. e o silêncio quebrou-se quando ele disse, é mesmo da próstata. o cancro. imaginei o redor do seu ânus como uma coroa inchada de porcaria. imaginei pequenos vermes a furarem aquele anel e a circularem por ali como em passeio pela terra húmida. imaginei o senhor pereira sentado em cima de uma boca dentada que o comeria no sentido da merda para a cabeça.

capítulo
dezanove
**somos
um
povo
de
caminhos
salgados**

a xanica e a pachi tinham um cão chamado afonso. que eu seja ceguinho se o que digo não é verdade. entraram por aqui duas senhoras perfumadas e chamavam-se xanica uma, e pachi a outra. e traziam um cão. procuravam a dona beatriz, a dos vestidos a arrastar pelo chão. eu pus-me de simpático a fazer companhia e perguntei, e o cão, como se chama este cachorrinho tão bonito. e elas, em estéreo, disseram que era afonso. agora diga-me se isto não está de cara virada para trás. o silva da europa perguntava-o e nós ríamos e ele insistia, então o cão é que tem nome de gente. não há nisto algum preparo, isto não tem preparo nenhum, meus amigos. estas senhoras já não se reconhecem como gente, devem estar à espera que seja o cão a fazer-lhes as festas. o anísio ria-se e incendiava o silva da europa dizendo-lhe que tinha toda a razão, que era uma falta de brio, de lucidez, uma estupidez. e o outro acrescentava, andámos nós a desbravar os mares, a encontrar monstros marinhos e terrestres, a sofrer de escorbuto e a morrer de amor por elevadas donzelas exóticas, para chegarmos a este ponto e nos vermos infestados de madames xanicas e pachis, com biquinhos de flores, a cheirarem como as flores como se regredissem ao básico do cio e da condição animal. um dia voltamos a ser os grunhos das cavernas, impressionados pelo cheiro da vulva das mulheres, sobretudo se as mulheres se nos apresentam com nomes de vulva. ó colega silva, pachi é nome de pachacha, ora diga lá se não é. ai querida, deixa-me ver a tua pachi, e ela respondia, só se tu me mostrares a maçaroca. o que é feito da nossa sociedade de grandes machos, vertidos agora perante estas madames, depois de tanta agrura, depois de tanto caminho salgado.

    fomos sempre um povo de caminhos salgados. ainda somos um povo de caminhos salgados. isto é coisa para nos amargar o sangue e nunca mais nos permitir a leveza destas cenas. o anísio, que parara o riso como um motor a falhar, estava em desacordo. gostava das mulheres, apreciava a sedução de que são capazes, e achava uma inteligência precisa nessa arte de se evidenciarem diante dos homens. são os trunfos que têm erguidos justamente ante a reverberação sexual dos homens. ó senhor cristiano, não me diga que não entende a força sexual de se estar vivo. não me diga que essa cabeça é toda revolução não sei de quê e nenhuma percepção de que esta máquina anda atrás de conquistas muito definidas, desde sempre, como um jogo simples e que nos coloca a todos em pé de igualdade, incluindo os grandes navegadores e os melhores políticos de sempre. o silva da europa até acenava que sim, que compreendia aquilo e sabia bem o poder do sexo na sociedade, mas voltava a insistir, xanica e pachi, isso é que não. nem para o sexo. dá mais vontade de sentá-las no colo e lhes coçar o pelo, sei lá, atirar-lhes um osso, vê-las com a língua de fora. o anísio riu-se demasiado e respondeu, ó senhor cristiano, isso é do mais perverso que há, homem, você é um pornógrafo.

a dona beatriz dos vestidos a arrastar pelo chão deixou o lar pelo seu pé e sorridente. tinha conseguido convencer as filhas a levarem-na para casa e a suportarem em família a lentidão da despedida. eu achei que as tais xanica e pachi deviam ser, por baixo das cores e dos odores, pessoas com uma inteligência emocional invejável. quando se acabaram os risos foi essa a minha opinião, quem me dera a mim que me tivessem levado para casa, deixado em casa, acomodado no que sempre fora meu. ainda que o destruísse, ainda que o odiasse por continuar indiferente à ausência da laura, eu preferia que me tivessem permitido a violência inteira de perder tudo, de verdadeiramente perder tudo, porque assim fico convencido de que as preocupações interesseiras de alguém hão de estar a sustentar as paredes da minha casa em pé, e os meus papéis hão de ser distribuídos conforme a convicção superficial de que interessam mais ao menino ou à menina. o senhor pereira concordou, mas interessavam-lhe menos a casa e os papéis, era só porque os filhos o haviam abandonado por completo. quando dão notícias nunca espera nada de novo. precisam de saber onde está guardada alguma coisa de que, subitamente, se lembraram. agora que foram informados de que o senhor pereira tem cancro na próstata lamentaram e prometeram vir no sábado. lamentaram e aliviaram-se por saber que, naquelas idades, sendo aquele cancro de progressão lenta, é mais provável que o paciente morra de outra complicação qualquer. que alívio tão grande, que sorte, isso de lhe ter calhado um cancro tão lerdo que nem sequer trabalha o suficiente para ir a tempo de o abater. e que graça. o silva da europa acalmou. diante daquele assunto ficávamos todos demolidos, sem meios. parávamos. podíamos ir observando o que faziam e diziam os outros velhos. observávamos e sentíamo-nos distantes e, ao mesmo tempo, presos ali como com ferros. caramba, uma sensação de impotência terrível, a de estarmos sentados numas cadeiras quietas, quietos, a sermos apanhados à bruta pela idade, a sermos apanhados à bruta pelas doenças e pelo cínico de quem ainda é jovem e manda em tudo e nos menospreza como gente a ficar deficiente. progressivamente, como se a glória da vida se consumasse na maior das humilhações. observávamos os outros velhos e não sabíamos muito sobre as suas experiências. mas víamos-lhes os rostos e estes espelhavam as mesmas dores que os nossos.

 o salão de almoços era longo e largo, com mais de quarenta mesas rectangulares que serviam para um máximo de seis pessoas, e cinco redondas onde, em cada uma, se podiam sentar seis pessoas. eu sentava-me, desde o primeiro dia, na mesa redonda mais à esquerda. quem entra pela porta principal, vira imediatamente à esquerda e segue até quase desaparecer debaixo de uma trave que por ali passa a segurar as escadas. comigo, muitas vezes, sentava-se o doutor bernardo e o senhor pereira. em alguns dias, o silva da europa também vinha para ali, mas nunca o anísio. o anísio habituara-se a almoçar com algumas senhoras que ficavam nas mesas rectangulares, bem ao centro do salão, a uns vinte metros de nós e dos nossos ouvidos. à nossa direita, com uma mesa redonda de intervalo, sentavam-se cinco senhoras curiosas. eram cinco mulheres que ocupavam a mesa como completas, autossuficientes, um círculo fechado, sem infiltrações, sem o lar dentro delas, apenas em seu redor. aquelas mulheres eram uma aldeia dentro do lar. eram literalmente uma aldeia. passavam as manhãs no tanque a lavar de branco as roupas, a trocarem entre si os sabões grandes e as escovas para surrar os tecidos. ajoelhavam-se na pouca terra do quintal, logo depois do pátio e do tanque, e plantavam pequenas coisas de que se serviam com ciência e cuidado. havia cenouras que desenterravam e se punham a lavar em água corrente para depois irem para a cozinha pegar em panelas pequenas e fazer as suas sopas. as cozinheiras desviavam-se delas, com algum carinho, era visível, porque se punham todas as cinco independentes e ativas como poucos de nós que ali estávamos. nos vasos de enfeite, onde se plantam umas flores ou uns cactos, elas plantavam ervas aromáticas na terra que sobejava. aproveitavam os ínfimos espaços de terra como se os rentabilizassem para uma economia de cinco que, suspeitávamos nós, ainda era uma economia de saúde e tino da qual poderíamos ter muita inveja. sentadas ali ao nosso pé, almoçavam em conversas discretas. com ar de quem tinha tarefas e as revia brevemente e profundas de responsabilidade. víamo-las naquele círculo fechado, completas, como disse, e o lar passava em seu redor, não penetrava, não tinha como abalar aquela estrutura de sobrevivência que, à percepção da mesa do lado, parecia uma estratégia fabulosa.

junto ao balcão da cozinha estava sempre sentado o senhor ferreira. a cabeça pendida sobre o prato vazio onde ele, de vez em quando, punha a mão como à procura da comida. ficava com o corpo inclinado sobre a mesa, a cabeça a um palmo do prato, os olhos abertos mexendo-se em círculos, tentando ver para as outras mesas, tentando ver quem estava ou não na sala. e uma voz da cozinha, de quando em quando, dizia-lhe, senhor ferreira, está bom hoje. ai que lindo dia está. ó senhor ferreira, que lindo sorriso. e o homem assim se ria. sorria de boca toda como se lhe fizessem cócegas. mais tarde, quando as pessoas estavam todas servidas, as cozinheiras iam para ali e levavam-lhe a comida à boca e tratavam aquele homem como se fosse delas e assim o aliviassem de alguma tristeza.

perto de nós costumava estar uma velhota com um xaile sentada. também não a serviam. ficava quieta, embrulhada do frio constante que sentia e via cores baças que imaginava serem pessoas. tinham-lhe posto uns óculos de lentes fundas, mas ela continuava a dizer que não via grande coisa e lá ficava, a oscilar para um lado ou para o outro, assim a abanar o tronco em direcção a quem passasse mais perto, a ver se conseguia definir algo às vistas, a ver se via. morreu. devia ter morrido, pelo tempo que levava já desaparecida dali, deve ter-lhe dado a cegueira de uma vez por todas. a outra cegueira, a que não apura sentidos alternativos. já não perguntávamos por estas pessoas, as que compunham as salas mas com quem não falávamos. não perguntávamos sobre o mesmo resultado de sempre, seria masoquista e até um pouco ofensivo para com os colegas, todos se esforçando por fazer de conta que aquele ainda era um lugar de vida.

numa das janelas, na verdade ali bem junto a um dos vidros que deitavam para o nosso pátio, estava também, dia inteiro, um tal de robertinho, uns centímetros de velho que falava com uma voz de menino, aguda e falhada, e que com uma chávena de batata moída se enchia de combustível para as necessidades de tão pequeno corpo. não punha os pés lá fora. fraco como era, havia de tombar à aragem. nós almoçávamos no lado mais oposto do seu lugar, estávamos na mesa mais afastada porque, se bem que tinha uma voz mínima, como tudo nele era mínimo, tinha um discurso infinito e umas ganas obstinadas de dizer alguma coisa aos vivos. caramba. ficar ali nas imediações era como ouvir o relato e não ter equipa pela qual torcer. o robertinho espreitava para o pátio todo o tempo da manhã e da tarde, e virava-se para o salão na hora da refeição. gostava de ver toda a gente no interior, animando aquele espaço como se fosse uma festa de banquete montado e tudo. fazia o que podia para falar mais alto, se também era maior o barulho, e em alguns momentos uma enfermeira ou algum outro funcionário ia dar-lhe ordens precisas para que falasse mais baixo. e perguntavam, ó robertinho, com quem estás tu a falar. não está aqui ninguém a ouvir-te. e ele dizia, com as pessoas, estou a falar com as pessoas. e depois esperava um segundo e, com alguma eletricidade freneticamente passando-lhe os ossos de ponta a ponta, mexia-se, levantava a cortina para ver o pátio, via o chão, ajeitava o casaco, punha o rabinho mais equilibrado na cadeira e depois, quando já estava de novo sozinho, falava com as pessoas como se as pessoas falassem com ele também.

um grupo mais ou menos indistinto de velhos ocupava as mesas do lado direito, as que ficavam na enfiada da porta de entrada. eram as que proporcionavam mais luz natural, eram às que primeiro se chegava e de onde mais depressa se poderia sair. ficavam naquelas mesas colegas que se iam misturando mais do que os outros, porque pareciam ir ali parar sobretudo pela oportunidade de conseguirem um daqueles lugares mais soalheiros do que por coincidirem com os seus melhores amigos na casa. tinha que ver com um sentido de oportunidade e alguma pressa. sim, como se ainda tivessem pressa para não desperdiçarem completamente a hora de almoço com o almoço propriamente dito e faturarem alguns conquistados minutos numa contabilidade qualquer. entre aquelas pessoas poucas me haviam já dirigido a palavra. não sabia nada sobre elas, não imaginava quais fossem os seus nomes, não percebia quando recebiam visitas, se as recebiam, ou quando tinham alguma alegria. claro está que, quando alguma morria, eu não tinha percepção de que subitamente alguém ali faltava, alguém que pudesse estar já a ser substituído por outra pessoa. acontecia de estranhar um rosto, achar que seria um rosto novo, mas não era garantido ter razão. muitos velhos trancavam-se uns meses, por casmurrices e incapacidades, e quando apareciam de novo era como se fossem novos ali ou, em casos raros de susto, como aparições fantasmagóricas de quem não julgávamos um dia vir a rever. nas nossas secretas maldades mentais, contabilizávamos também algumas exclamações cruéis. achávamos que alguns sobreviviam a outros sem muita lógica. dizíamos, por exemplo, que o senhor rezende tinha morrido e era um tipo robusto e bem-comportado, e o monteiro, que era um resto de fumador cheio de tosses e mau ar de esturricado, ainda andava por ali a ameaçar bater as botas sem efetivamente as bater. dava-nos um certo arrelio, isso, e se era tão banal que as pessoas por ali morressem, achávamos que ao menos a escolha de quem ia e quem ficava devia ter mais consideração pelo curriculum do gasto e da educação de cada um. metíamo-nos com o doutor bernardo acerca disso, como a meter requerimento especial para decidir quem abater e quem poupar. ríamo-nos iguais ao diabo.

a dona dores e o domingos ficavam sempre sozinhos numa das mesas rectangulares um pouco diante de nós, ainda antes das companhias do anísio. a dona dores e o domingos eram mãe e filho, ela muito velha e ele com uma deficiência mental que lhe tirava a maldade e o punha calmo e infantil para sempre. ele não vivia no lar, vinha lá de fora à hora certa para a refeição, e a dona dores fazia-lhe o prato em cima da bandeja e levava-lhe a colher à boca a dizer-lhe coisas engraçadas e a animá-lo. o anísio, que ficava ali lado a lado com eles, tinha sempre uma palavra para o rapaz. metia-se com o rapaz como se fosse para o deixar feliz. e o rapaz sorria e comia e depois ia-se embora sozinho, habituado a caminhar para casa pelas beiras das portas, sem dar conversa a desconhecidos e sem demora. nunca acontecera de haver um problema com ele. dia após dia ele ia e vinha abotoado e esfaimado. o anísio, que por vezes recebia umas camisas de ter sido doutor e cheio de amigos e família com as elegâncias todas, oferecia roupa nova ao rapaz. passava-lhe umas coisas a estrear que lhe ficavam mesmo ao tamanho e o deixavam num sino de felicidade efetiva. naquele almoço, o anísio estendeu-lhe a mão e o rapaz apertou-lha tão agradecido pela camisa que levava. o seu peito todo esticado lá dentro, como um manequim sentindo respeito e orgulho pela maneira como ia à rua.

211

naquele almoço, dei-me conta, o anísio estava com umas sete ou oito mulheres à volta, todas conversando de coisas diversas como ainda ocupadas da vida. mas uma calava-se e ficava mais à ponta, como se a cair fora do grupo. nesse almoço reparei. era uma mulher que sempre por ali estivera, discreta, um pouco mais jovem do que as outras, talvez, sem velhice de maior, apenas um rosto limpo debaixo de um penteado branco e muito delineado. o anísio estava no lado oposto ao seu, com duas outras senhoras entre, e os olhos parados. o velho com os olhos de luz iluminava continuamente o mesmo rosto, apenas um rosto, como se necessitado desse rosto, como se querendo dizer-lhe alguma coisa, e a dona glória, a glória do linho, como a conhecíamos, comia envergonhada, sem fome nem nada, a corar aqui e acolá, sem falar, sem participar na conversa das outras, sem conseguir escapulir-se, sem poder nada contra as investidas ansiosas do nosso sábio amigo. o mais sábio, pensei eu atónito, o único que foi para ali com lata suficiente para pensar, e deixar-se sentir, no amor. o filho da grande mãe.

éramos sempre noventa e três pessoas no feliz idade. sempre noventa e três velhos ali metidos. e não havia alteração disso. a cada fuga, alguém entrava de novo a compor o número preciso de utentes, como um universo perfeito, completo, que se alimenta dos restos de tempo que as pessoas têm. os nossos restos, todos juntos, fazem a vida dos funcionários. por isso, morrer alguém é sempre um acontecimento relativo. como um piscar de olhos, se víssemos melhor, alguém de novo estaria pelas cadeiras e pelas mesas do salão dos almoços e nós poderíamos levar um bom tempo a perceber que alguma coisa mudara. quando se batiam palmas, nos momentos em que algum funcionário percebia a primeira refeição de um novo hóspede e dava um sinal ou começava ele próprio as sonoras boas-vindas, lá esticávamos o pescoço a ver quem era, quem seria o colega a juntar-se ao mundo de mesas rectangulares e redondas onde nos habituávamos a ir fechando o mundo.

o silva da europa exclamou, estamos muito calados hoje. estamos calados, colega silva. e o doutor bernardo respondeu-lhe, estamos a comer, é da fome. e eu disse, o anísio anda a namorar. o esperto do anísio anda a ver raparigas enquanto nós nos pomos para aqui a pensar que já não há nada para fazer com esta idade. e o silva da europa animou-se todo e comentou, bem que me parecia que aquela conversa do sexo nos corpos, e a máquina querer sexo, e as hormonas ou sei lá o quê, tinha de ser explicada de um modo menos intelectual. não é que o diabo anda a ver se ainda põe ovos com o rabinho comido de supositórios.

capítulo vinte
o que couber aí é pequeno

a dona glória do linho parecia um ser delicado, toda candura e menina. tinha uma pouca experiência do amor e não aguentava a timidez de estar a ser cortejada por um garboso doutor em arte antiga. a dona glória do linho tinha estado no quarto do anísio dos olhos de luz e apequenara-se entre as estátuas importantes e bem pintadas que ele guardava. achava ela que estava dentro de um pedaço de museu, assim precioso e maior do que o tempo de uma vida, porque eram um pedaço de coisas que tinham de ficar para sempre como património de toda a gente, mais preciosas do que toda a gente. uma coisa assim não se repete, e as pessoas nascem, mas não nascem disto. não sei explicar, é como se fosse mais raro. o anísio dizia-lhe que eram do século dezasseis ou dezassete e que podiam ter pertencido aos reis ou aos nobres mais distintos da história. e ela sorria, tão desajeitada, a lembrar-se da sua vida de costureira e a medir-se, corajosamente sentada na cama, com a grandeza daquelas coisas e dos seus passados. a dona glória do linho nem tinha bem ideia do que eram reis e para o que teriam servido num dia a dia de outros tempos. imaginava-os antipáticos e com criados para lhes porem a roupa e fazerem comidas esquisitas e até para os acompanharem naquilo que o povo já descobrira ser melhor fazer-se sozinho. não sabia em que poderiam coincidir os destinos de gente assim com o seu, porque a presença, à mercê dos seus olhos, daqueles objetos finos dava-lhe ideia de que o passado de outras pessoas tinha-lhe vindo parar às mãos. ruborizava na cama e ficava sem muitas palavras, como também parecia dizer só tontices quando queria explicar-se. era de se ajeitar como achava para o romantismo de ali estar. a exalar sorrisos no ar. e o anísio, como macho, já muito a partir das reminiscências de outros tempos, circundava aqueles sinais, aproximando-se do território, aproximando-se lentamente do território. era para ser uma conquista de cuidados. sem riscos, sem ridículos desnecessários. uma corte madura, preparada para ir à volta dos perigos mais óbvios. um galo enamorado mas esperto, o anísio ainda não a beijara e nem sequer lhe tomara a mão. nem pensar. estavam velhos e depois dos amores, e era preciso lembrar as aflições que ele tinha de coração. era preciso que não exaltasse nada ali dentro, ou que a animação fosse moderada, para não destruir esse músculo onde se guardam os sentimentos mais extremos. nem seria correcto um namoro como o dos adolescentes, fisicamente elaborado ou exigente. era fundamental que aquela fosse uma corte feita de ciências e sonhos de velho. os sonhos de velho são como a memória dos peixes. duram uns segundos e por uns segundos já valerão a pena. a expectativa de a vida ser um contínuo de alegria não é nunca mais colocada. tudo é fraccionário. sabemos perfeitamente ao que podemos almejar. e o anísio sonhava assim, em pequenos instantes de cada coisa. sem estragar nada. deixando que a aventura se adensasse para não perder a aventura. e a dona glória do linho, mesmo pequena sob a doutorice do pretendente, já percebia muito bem que aquela beleza de sentimento era mesmo para si. ficava estupefacta, como ficam estupefactos todos os enamorados, absolutamente perplexa com a sorte de ter encantado tal homem, com a sorte de ter encantado alguém, que era o que a encantava mais, a energia incrível de merecer toda a atenção de alguém, depois de a idade a ir empurrando para o tempo de ficar discreta, ser discreta para melhor se preparar para ser nada. levantava-se da cama, com atenção para não esbarrar, no espaço ínfimo, com o corpo dele, e dava uma e outra volta. endireitava o pescoço e outra vez esticava-se para ver melhor um qualquer pormenor nas antiguidades ali vistas. andava à cata de não sabia o quê. criava a sensação excitante de estar a entender aquilo, de estar interessada naquilo, que era a verdade de estar interessada naquele homem e no seu mundo. o anísio contava-lhe breves histórias e gratificava-se com a sorte de ter adquirido tais peças. gratificava-se sobretudo com a sorte de ali ter a dona glória do linho, apanhadinha de sentimentos e tão esforçada quanto ele para que aquilo fosse mais longe. o anísio dizia-lhe que a melhor das estátuas era sempre a que estava viva e que, ainda assim, conservava o brilho e o esplendor de um tesouro. a mulher corava novamente e desse modo se calavam por um instante, a pensar nessas levezas que não têm sequer dicionário e obrigam uma pessoa a depender da outra pelo lado mais delicado da beleza.

começaram a andar sozinhos um com o outro, sem a nossa companhia, quero eu dizer. começaram a ter os seus secretos lugares, porque não sabíamos onde se escondiam, e também não os devíamos procurar. só muito de vez em quando eram vistos, como nas horas das refeições e em momentos breves em que se cruzavam conosco nas escadas ou nos corredores. a dona glória do linho era de tal modo que, se pudesse, criava muros em redor dos dois para que não se visse, não se escutasse, não se soubesse nada do que significavam juntos. que vergonha das grandes tinha aquela mulher a tentar que não os julgássemos por se viciarem na companhia um do outro, um vício típico de quem achava que a vida ainda era o mesmo de muitos anos antes.

não queria ser comparada a uma qualquer, a uma atiradiça sem honra nem família. ela fora costureira das sérias, com mestria e responsabilidade, e não seria de velha que deitaria fora uma idade acumulada de virtude e discrição. muitos poderiam entender que se atirava ao anísio pelo dinheiro. com aqueles olhos de luz, ele teria um pote de ouro dentro da cabeça a luzir, e era um ouro que lhe bastava, na verdade. mas não haveria ela de querer o dinheiro dele, porque também velha não ia a tempo de o gozar, nem tinha pela terra filhos que o herdassem. a dona glória do linho não tinha senão saudades, e as saudades vinham por graça.

uma tarde, talvez um mês depois de me ter apercebido daquele romance, finalmente o anísio convenceu a dona glória do linho a sentar-se ao sol conosco. sentou-se primeiro ela, depois ele igual a um cavalheiro, e todos nós abanámos as cabeças como às princesas num sinal exagerado de cortesia e consideração. a mulher ficou encarnada de corada e não proferiu palavra. o silva da europa discursou, seja bem-vinda, minha senhora, que com um rosto tão belo há de ser uma manifestação divina da natureza e só lhe agradecemos a companhia, mais ainda quando nos chega pela mão do nosso querido amigo anísio franco, um homem de qualidades como poucas vezes se viu. o anísio sorriu e o senhor pereira disse também boa tarde e depois disse-o eu. e o silva da europa continuou, divina da natureza, não é que eu seja crente do que se diz que há lá para o céu, eu não, que já andei de avião umas quantas vezes para saber do que são feitas as nuvens. o senhor pereira pôs a mão ao alto e disse-lhe, espere, homem, deixe o anísio falar, não vá ele achar que lhe corteja a amiga. o anísio também disse, boas tardes, era o que eu ia dizer. e o da europa acrescentou, apontando para o enamorado com um desdém de brincadeira, é o que faz ter vertigens, andar de carro e não ir ver o mundo lá de cima, convencem-se de que as nuvens são as casas dos anjos. se fossem, os aviões já lhes tinham feito a guerra toda. a dona glória do linho percebeu que já todos estaríamos a par daquele sentimento e ficou atrapalhada. julgara possível sentar-se ao nosso pé como uma amiga qualquer, assim meio na coincidência de estarmos todos hóspedes do mesmo lar, mas fora uma ingenuidade sua que não poderíamos tolerar. por maiores que fossem os corredores, e por mais pisos pelos quais se estendessem os quartos, o anísio era uma mira certa da nossa atenção havia muito, por sermos amigos e, com isso, por nos ocuparmos de o acompanhar. como seria possível desapercebermos um mês inteiro de ausências para esconderijos de cochichos melosos em que andavam. e aquela foi uma tarde horrível. aquilo não funcionava de todo com a mulher ao meio. o silva da europa só se punha a dizer disparates de macho, como se lhe coubesse a si meter ideias de ternura no coração da senhora, e o senhor pereira anulava-se, ficava a sentir o cu a subir às dentadas por ele acima, como se o cancro lhe tirasse o direito de pensar noutra coisa, sobretudo no amor, ainda que fosse no dos outros. e eu perdia a paciência para a pose educada de estar sempre a travar o da europa e a espevitar o senhor pereira e, pior, a tolerar o derretido do anísio como se desfazendo em água de rosas pela camisa abaixo. a dona leopoldina, que estava boquiaberta com o par de namorados e via naquilo uma desavergonhice, veio coçar o cu duas vezes ao pé de nós, acelerando o passo nervosa e trapalhona. o senhor pereira resmungava como se, agora, a brincadeira o ofendesse particularmente. de repente, disse, havia de lhe entrar por ali um bicho que a mordesse toda. e a dona glória do linho assustou-se e o anísio explicou, o senhor pereira ficou abalado com a notícia de estar doente. o silva da europa atalhou que aquilo já era de uns dois meses, e todos se entreolharam como se assim fosse menos grave. uma notícia velha era sempre menos grave, parecia. e a mulher lamentou dizendo, lamento muito, é um problema, vamos para velhos e começam a surgir estas coisas, olhe, a mim doem-me os pés, que às vezes parece que vão cair como se estivessem gastos. e o senhor pereira dizia, haviam de lhe doer os testículos, como a mim, que fico a sentir-me pendurado nas árvores. e ela juntava, pois, isso não me vai doer, mas olhe que dores como as minhas não estou a ver, que fico horas a gemer sem me pôr de pé e nem os comprimidos me aliviam. parece que tenho gatos assanhados dentro dos ossos. é um suplício. o senhor pereira irritou-se e disse-lhe, ó minha senhora, uma dor de pés não há de ser tão grave quanto um cancro, sabe, um cancro, já ouviu falar. começa numa ponta do corpo e vai até à ponta da alma, não tem medida e até o que está à nossa volta nos dói. dói-lhe a cama, perguntou ela. ah pois dói, respondeu ele, até o tapete e a porta e até o seu penteado de lezíria madeirense. quando temos um cancro dói-nos tudo, minha senhora, tudo. a dona glória do linho perdeu a pequenez e chegou-se mais à frente na cadeira, a parecer mais gente e respondeu-lhe, com a sua idade um cancro já é só mais uma coisa escrita, não faz nada, agora, um problema nos ossos, como se estivessem a esboroar-se e a meterem-se na carne para se segurarem direitos, isso é que é doer, entende, não tem receita nem melhoria, fica-se com as pernas assentes nos músculos como se fossem lâminas assentes nos músculos. parecem facas.

parecem duas facas grandes onde a gente se equilibra. a gente com isso nem consegue pensar na cama, nem no tapete e menos ainda no penteado ou na calvície dos outros, sabe. nada, não se pensa em nada. o senhor pereira levantou-se e foi-se embora. entrou para o lar. estivemos uns segundos em silêncio sem atrevimento para uma palavra e, subitamente, o homem assomou novamente à porta e vociferou, é um cancro, minha senhora, qualquer pessoa sabe que um cancro é a pior doença que se pode ter, entendeu, imagine que essas facas lhe estão a entrar pelo cu, está a ver, minha senhora, pelo cu. depois chegou mais próximo e continuou, a gente fica sentado e tem a sensação de que o buraco do cu está vivo, põe-se a mexer e a remoer ideias. parece que vai engolir tudo por ali adentro. entendeu. não há pior, já imaginou o que é o buraco de um cu a mexer-se como se fosse tragar todas as coisas lá para dentro, nem que os seus dois pezinhos lhe ficassem tortos para cima a servir de mãos, não queira saber o que é ter na ponta do corpo um buraco de carne viva a autonomizar-se dos seus ofícios. o senhor pereira desapareceu de novo. o anísio estava de surpresa no chão, com um ar desolado que lhe solicitava escolher entre o amor e a amizade, uma estupidez antiga, um ciúme infantil. a dona glória do linho perdera o pio. fora tudo demasiado mal-educado para a sua expectativa. e eu não intercedi por ninguém. faltava-me um pouco o ar, como se o ar disponível fosse menos desde há um tempo. como se fosse mais difícil o simples acto de respirar. já o havia notado.

    o silva da europa ficou por uns minutos a sós comigo, depois que os outros debandaram, todos aborrecidos e para cada lado, e eu adiantei-lhe que não me confundisse as ideias, que me deixasse estar quieto das ideias, porque estava farto e me começavam também a doer as costas e a faltar-me o ar. e ele respondeu, eu, que sou mais novo, também tenho os meus problemas, colega silva, não estamos aqui para ficarmos melhor, desengane-se quem o pensar. levantei-me e fui também trancar-me no quarto.

nessa noite, assim que apaguei a luz e aconcheguei os lençóis ao pescoço, o quarto encheu-se de pássaros negros que conversavam entre si. vieram imediatamente sobrevoar-me, como se já ali estivessem e necessitassem apenas da escuridão para serem vistos. acendi de novo o meu candeeiro e o quarto pôs-se branco, o branco de sempre, a mariazinha na ingenuidade a que fora condenada, a roupa na cadeira, um silêncio profundo. e assim voltei à escuridão. o corpo semierguido para melhor ver o que sucederia, o cotovelo fincado no colchão e os pássaros novamente voando por ali, rasando o meu rosto, em conversas de um português esganiçado que eu não podia acompanhar. sentei-me na cama, em plena escuridão e confusão, sentei-me na cama, os cobertores a protegerem-me como podiam, pasmando diante do absurdo daquela companhia. nos meus joelhos, às vezes nos pés, podiam pousar os pássaros por um segundo, irrequietos e aparentemente nada importados comigo. as portadas estavam abertas, entrava um lúgubre luar. levantei-me, corajosamente abri a porta do meu quarto e percebi que os pássaros se juntaram sobre mim. saí ao corredor e o barulho tornou-se ensurdecedor ecoando no vão do edifício como se fossem mil vezes mais bichos em meu redor. segui até ao quarto dezasseis, abri a porta e assim ficou aberta, sentei-me na cama e observei o senhor pereira. a passarada entrara e fazia no seu quarto o mesmo desespero que no meu. o senhor pereira sentiu o meu corpo pesando no seu colchão e abriu os olhos. perguntou, é você, senhor silva, e eu disse, sou, não consigo dormir, e ele respondeu, eu também não.

o senhor pereira perguntava, e então não acha que eu tenho razão, vir com aquela das facas nas pernas para mim, que tenho um cancro. eu sorria e dizia, a mulher é desajeitada, não sabe o que dizer e estava envergonhada com a nossa companhia. e ele respondia, é uma malcriada sem compaixão, aquilo não era vergonha, era fita da antiga, fita de sonsa. havia de doer-lhe o que me dói e este medo de morrer já amanhã, a ver se lhe importavam os pés. se lhe doem os pés, que se sente e já descansa. ai isso é, senhor pereira, pode bem ficar sentada. até há cadeiras de rodas e alguém a empurrava e tudo, podia ser que a empurrassem escadas abaixo e assim ficava curada de uma vez por todas. ríamos e ele perguntava de novo, fechou a porta do seu quarto, e eu dizia que não sabia e que não teria coragem para lá voltar. que cagarolas você me saiu. se lhe apanham a porta aberta vêm aqui buscá-lo e puxam-nos as orelhas aos dois. vou ficar com má fama. já dormi com o esteves, agora venho para aqui trancar-me consigo. e que lhe deu, senhor silva. não sei. vejo uns pássaros pretos, abutres, a voarem em cima da minha cabeça. é criação dos seus olhos, aqui não entram nem moscas, as janelas não abrem. eu sei, mas acho que é uma forma de ter medo. julguei que não tivesse medo de nada. mas tenho. tem de quê. de ser desfeito, de a morte me desfazer, não sei. depois de estar morto não há de sentir, é o que dizem. quem diz isso, ninguém pode dizer tal coisa. o amigo silva está a ficar espiritual. não, é só de ter medo. eu também tenho, mas não é de ser desfeito, é de ir-me embora daqui, de isto acabar. esta merda, perguntei eu, de acabar esta merda, senhor pereira. e ele abanou a cabeça e disse, melhor que merda nenhuma ou merda pior. depois decidimos ir fechar a porta do meu quarto e assim o fizemos e ele perguntava, os pássaros vêm aí, e eu dizia, não, e ele respondia, filhos da puta. e ríamos o mais baixo que sabíamos e atropelávamo-nos um ao outro, ali colados como putos e, assim que fechámos a porta, corremos para trás e trancámos o quarto do senhor pereira onde nos sentimos a salvo de qualquer coisa. mantínhamos a luz apagada e abríramos as portadas para vermos tudo ao luar. e ele dizia, o anísio, que é um gajo inteligente, agora ficou convencido de que é o maior, ele que ainda tem uma mulher. pois é, se calhar é. e que lhe vai fazer, não pode enfiar nada, só se for para lamber, mas já não está em idade de lamber nada, ainda lhe cai a placa. ó homem, você não me diga isso, que me dói o peito de querer rir, falta-me o ar. arranjar uma namorada com idade de velho é como andar a passear um elástico gasto, aquilo já só tem saudades, não tem mais nada. ai o barulho, vão apanhar-nos aqui. vão nada. a enfermeira de hoje anda nas perninhas do porteiro. a sério. nunca percebeu. eu não. senhor silva, você parece que não é deste lar. eu tenho mais em que pensar. mas conte-me lá, pode ser que me dê ideias de pensamentos importantes, sim senhor. não reparo nessas coisas. devia. metem-se os dois no gabinete do doutor bernardo e gemem, você nunca ouviu. eu não, à hora em que ele chega já nós estamos na cama. ah, mas é que daqui, do meu quarto, com a porta aberta ouve-se ela a dizer que quer o superleão. caramba, o homem ou é do futebol ou deve ferrar. ferra e não deve ser pouco. eu também ferrava um bocado. o que me diz. era uma mania. senhor silva, conte-me melhor. não há muito para dizer, você não sabe como é. posso imaginar, mas é mais divertido se me disser. não se ria. gostava de dar umas palmadas das boas, assim nas nádegas. ai que caramba. eu não fazia isso. nem o salazar deixava. ai deixar, não deixava, que por ele nem uma punhetinha. não se ria, você vai acordar toda a gente. desculpe. que malcriado, punhetinha é um palavrão. você nem parece homem, você diz o quê. digo com a mão. faz um gesto. não, digo, pelo salazar não fazíamos nem com a mão. ah, que treta, parece a medo, entre gente grande podem dizer-se assim umas palavras. ó senhor pereira, os palavrões são de todos, e se forem metidos no sítio certo, estão muito bem. senhor silva, isso muda completamente a ideia que eu tinha de si, não posso deixar de lho dizer. por quê. então você metia palavrões. claro, ninguém sabia. tinha de saber a sua senhora. sabia, mas gostava. não se ria. não consigo. pois a minha segunda mulher era das piores, encornava-me com os meus dezoito vizinhos, mas não me deixava falar durante a coisa. achava que a tratava como uma. uma quê. isso. uma puta. imagine. se eu lhe dissesse alguma coisa, ficava toda arreliada e já não queria nada comigo. está bom de ver que já devia estar cansada. pois estava, a puta. essa é que era. quando a deixei eram todos como cães a um osso, porque achavam-se os únicos a comer a boa da micaela. quando souberam que aquilo era do povo, mais público que a calçada, largaram-na e voltaram para as suas punhetinhas. não se ria, não aguento as dores no peito. temos de falar de coisas sérias. já se está a dar bem aqui no quarto da dona marta. ai agora sim, porque mandei-a embora. como fez isso. ela apareceu aí numa noite a chorar e eu disse-lhe para ir para o raio que a parta, que fosse assombrar o marido, que não estou para aturar a dor de corno de uma assombração. e ela. ela nada, ó senhor silva, era coisa da minha cabeça, como os seus pássaros. você tem cada uma. e que disse o doutor bernardo dessa conquista. não disse nada. ó senhor silva, ambos sabemos que a realidade me entrou pelo cu adentro, a mim já não me apanham com a casmurrice de inventar coisas. esse seu cancro não vai dar em nada, senhor pereira. senhor silva, conto-lhe se ficar calado. o quê. olhe que isto está pior do que pensávamos. foi já muito tarde. descobrimos tarde. não se ponha com isso, não há tarde, a medicina agora tem muitos truques para os cancros. queimam-no com químicos ou metem-lhe aí um ferro quente e fica novo. quando me apanhei aqui sozinho, depois de recebida a notícia, senhor silva, já não havia fantasma nem porcaria nenhuma. a minha cabeça limpou-se como se fosse ao banho pelo interior. já não tenho manias, só tenho dores e ansiedade e já sei bem o que me vai acontecer. não diga isso, e olhe que eu não vejo os pássaros por casmurrice, ó senhor pereira. eu não disse isso, mas podia ser. eu sei lá por que os vejo, às vezes vejo coisas com uma clareza que custa a crer que a imaginação tenha tanto talento. pois é, pois é. o doutor bernardo ficou contente com o desaparecimento do fantasma da dona marta, mas ele sabe que agora é que estou lixado. não diga isso, uma coisa dessas ainda lhe dá vida para muitos anos. sabe que o filho da mãe mete ali dois dedos como se andasse à procura de casas. eu perguntei-lhe, ó doutor, isso não é logo à porta, não é só meter um bocadinho aí à porta, anda a ver o quê. e ele até se ria e enfiava os dedos e dizia que estava só à porta. e eu era assim, olhe que aí não cabe nada, não adianta procurar coisas grandes, doutor, o que couber aí é pequeno.

não fosse ele achar que aquilo era algum costume. o estupor focinhava-me como se gostasse de ali estar. quem era. o doutor reinaldo, o vestidinho, que esse é paneleiro de certeza. isto não se faz, ir para médico de cus só porque se é paneleiro, para apanhar ali um gajo desprevenido, sem poder fazer nada. e eu já me estava a arreliar, porque nunca mais acabava com aquilo e não me estava a sentir bem, comecei a tremer e até suei. ao mesmo tempo, queria manter o respeito, o homem é doutor, o homem é que é doutor. está a perceber, senhor silva. mas mal eu sabia que ele demorava porque estava a convencer-se de que eu me tinha lixado. precisava de ter a certeza e, por isso, rodava uma e outra vez aqueles dedos gordos metidos no meu cu. não me quero nem lembrar. depois de tanta coisa que vi, estar ali de pernas abertas naqueles modos, senhor silva, foi a pior traição da vida. calma, homem, a mim também já mo fizeram, e não foi só uma vez, a gente fica assim com os olhos esbugalhados e a humilhação não se aguenta, mas depois passa. o que toca a todos não é humilhação nenhuma. não pense que isso é novo para algum velho aqui dentro. toda a gente passou pelo mesmo. mas nem toda a gente voltou com o meu diagnóstico. ó senhor pereira, prefiro que se ponha a rir. nem que a gente acorde aí toda a velharia e interrompa o pasto do leão. ai isso hoje já deve ter sido. é muito depressa, porque ela está louquinha e ele não se faz de rogado. mal entra ao serviço põe-se logo nela. depois, a meio da noite, é capaz de ir outra, assim para aproveitar a oportunidade. quem levanta, levanta. como o anísio. esse está tramado, tem de a pôr a prumo ali no meio das estátuas. aquilo vai ser assim, a dona glória fica boquiaberta de estúpida e ele coça-se. e ela, distraída como está com as facas e com os gatos, nem dá por nada. senhor pereira, chegue para lá, a ver se me meto aqui. não se encoste assim. tenha calma, não sou um perigo. espere. estas camas são muito pequenas. olhe, arranje-se, eu não volto para o meu quarto. espere. assim. eu assim estou bem. mas a mim fica-me a doer aqui um braço. ponha para trás. chegue o rabo para aí. estou a chegar. devagar, ainda me parte os ossos. chhh. assim estou bem. eu assim estou bem. mas eu estou a bater com a cabeça na cabeceira. quase. se adormeço e me distraio, mando aqui uma cabeçada. temos de chegar um bocado mais para baixo. chegue você, eu tenho as pernas compridas e não me dá jeito. caramba. espere. assim está bem. não. um bocado mais para baixo. não sou eu, é você. e agora. agora estou bem. não, mas assim tenho um pé no chão. e dói-lhe. tenho frio. ponha para cima. não cabe a perna toda. olhe, isto com o esteves, que era gigante, foi muito mais fácil. você é complicado, senhor pereira. o esteves era um pau de virar tripas, eu ainda tenho gente cá dentro da pele. o esteves é que se fodeu bem. quê. foderam-no. não acha, ó senhor silva. o maravilhoso esteves, então haveria de morrer logo ali todo contente, lembra-se, você mesmo afirmou que ele estava radiante e tinha cem anos. estava feliz por ter cem anos. e depois vem o doutor bernardo e diz que ele se calou e já estava. eu não sei, senhor silva, a mim parece-me assim muito ajeitadinha aquela morte. sentámo-nos na cama. eu e o senhor pereira sentámo-nos na cama um para cada lado e pensámos um pouco. depois eu disse, sempre me pareceram sinceras as palavras dele, já lho confiei, para mim foi o esteves da tabacaria do álvaro de campos do fernando pessoa. para mim foi. não tenho dúvidas. para mim também. e era um amigo. era um belo amigo. e também sempre me pareceu verdade quando dizia que tinha medo do medeiros, que este lhe chamava nomes à noite a meter-lhe medo. eu também acho. acho que alguma coisa estava ali feita para o despachar, lembra-se, alguma coisa que lhe havia de roubar a metafísica de uma vez por todas e obrigá-lo a sucumbir. o esteves, meu caro, foi morto com toda a desfaçatez do mundo. o nosso maravilhoso, mítico, poético esteves, abundante em metafísica, que só com uma máquina o deixariam vazio de profundidade e pertinência. está certo, senhor pereira, isso está certo, você disse bem, alguma coisa lhe andavam a fazer para o deixarem na lástima em que o deixaram durante os últimos meses, até não aguentar mais. vamos ver. o quê. o quarto. ó senhor silva, vamos lá acima ao quarto ver se o medeiros se põe com conversas. vamos sem fazer barulho e escutamos se o medeiros diz coisas. se calhar, ó senhor pereira, está ali a aterrorizar o espanhol. vamos ver. tenho medo. não quero ir, senhor pereira, não vamos nada, a gente arranja maneira de caber aqui e já dormimos. nada disso, não seja medricas. você está louco, aquilo assusta-me. entrei lá de dia e fiquei assustado. mas vamos os dois, a gente agarra-se um ao outro e vamos devagar, sem barulho, só precisamos de ouvir, a ver se o esteves tinha razão. se eu for lá acima morro. não morre nada. antes de si ainda hei de ir eu. senhor pereira, eu vou, mas se me dá um ataque de qualquer coisa, você fica com o remorso. não lhe dá nada. vamos os dois. o que lhe der a si, dá-me a mim, é democrático. então está bem. é assustador mas justo. chhh. é melhor subir pela escada deste lado, é mais escura e não se vê lá de baixo. senhor silva, não trema. o que é isso. é um livro. para que trouxe um livro, vai ler. não sei. se ele se atirar a mim, dou-lhe com o livro na cabeça. é pesado. fiquei sem o chinelo. vá buscar. está aqui. desça comigo, é um degrau, homem. vá. não o largo. não o vou largar. desça comigo. está bem, devagar que também me doem os ossos. que barulho é este. é a dona leopoldina a ressonar, parece um elefante. tem a certeza. esta desde que levou nas pernas do cubillas nunca mais deixou de sonhar com grandes trombas. ó senhor pereira, não diga isso, ainda caio de rir. ela é que o diz, que eu acho mentira, o gajo arranjava melhor, não precisava de uma velha destas. mas ela era nova, na altura. é ali. vamos. espere, antes de abrir, vamos ficar calados para ouvir se há conversa. ó senhor silva, chegue-se mais para aí. senhor pereira, você não me empurre que eu estou colado ao chão. tenho medo. não se ouve nada. nada. eu não ouço. você trouxe o aparelho. eu não preciso. mas já o vi com aparelho. não viu nada. é que sem aparelho não adianta. eu ouço bem. eu também. é melhor abrir e entrar. ficamos no escuro a ver se não acordamos o espanhol. há de haver uma luz de fora. as portadas não fecham direito. abra a porta, ó senhor pereira. eu vou abrir. porque não abre você. eu abro, sou mais cuidadoso. não me largue a mão. você não tem medo. tenho. chhh. você ainda me assusta mais. feche, feche agora. não vejo nada. aninhe-se. ui, doem-me as pernas para isso. não consigo. então encoste-se quieto à parede. não fale. chhh. naquele momento o senhor medeiros abriu a boca e disse, morre filho da puta, morre, seu grande filho da puta, e o espanhol respondeu, cabrão de diabo, filho da puta és tu. mais uma vez o medeiros o disse e o espanhol respondeu. no escuro do quarto, com o pouco luar que vencia as brechas nas portadas, pude ver os olhos vidrados do senhor medeiros à procura dos meus. uns olhos malignos que sabiam exatamente onde estavam os meus. o senhor pereira largou-me a mão. tinha-se borrado todo e aninhara-se como achava que devíamos ter feito. mas eu fiquei de pé, o livro seguro como uma arma indispensável e aquele medo profundo de estar diante de alguém que, sinistramente, fazia os outros morrerem. o senhor pereira não disse mais nada. eu avancei cinco passos e levantei o livro por sobre a cabeça do senhor medeiros e depois a força da gravidade, e o que restava dos nervos do meu próprio braço, levaram-lhe o livro num ruído de vingança que me excitou de terror. o espanhol dizia, cabrão de diabo, e repetia mais depressa, cabrão de diabo, e depois rejubilava dizendo, sou português, sou de badajoz de portugal, ninguém me tira daqui, ninguém me tira daqui, eu sou português. e eu bati três e quatro vezes com o livro na cabeça do maldito homem e depois fizemos silêncio. o espanhol calou-se. o senhor pereira disse, vamos embora. e eu respondi, está a faltar-me o ar, não consigo respirar. o meu amigo gritou-me, chegue-se aqui, chegue-se para aqui, senhor silva. e eu recuei, com o peito a rebentar, tombando perto dele como caindo-lhe no colo. não podia bem falar. a dor obrigava-me a contorcer-me, a espernear no chão. o senhor pereira desatara a chorar, já no corredor se ouviam passos de quem certamente ouvira o nosso barulho e os gritos do espanhol. a enfermeira entrou. estávamos sem fôlego, assustados, julgando morrer. o senhor pereira, lavado em lágrimas, disse, temos medo. temos medo de estar aqui. o senhor medeiros respirava como se nada fosse. eu não o havia morto, nem um bicho assim poderia morrer como morrera a dona marta. fora uma ingenuidade da minha parte achar que armado com um livro me armara para todos os inimigos do mundo. ele olhava para nós no mesmo suplício de sempre. o espanhol enrique perguntando, quem é. quem é. e depois dizia, sou de badajoz de portugal, sou português, vão-se embora, deixem-me sozinho, por favor. e a enfermeira respondia, vocês não deviam estar aqui. e depois quis que nos erguêssemos, mas percebeu que eu não me sustentaria sozinho. senhor silva, você está a sentir o quê. e eu não disse nada. queria que me tirasse dali. se me tirassem dali, pensei, ficaria melhor. levantei-me e passei a porta apoiado na enfermeira e nas paredes. abandonámos o quarto do esteves iguais a dois ridículos vencidos de guerra. aquilo é uma coisa do diabo, e eu respondia, você tinha razão, senhor pereira, você tinha toda a razão. e ele chorava sempre e repetia, é um perigo. estamos todos em perigo. enquanto descíamos as escadas, e um odor desagradável se espalhava pelo ar, a enfermeira perguntava, mas que raio estavam a ver ali aninhados, seus tontos, que raio se havia de ali passar. eu achava que ia ter um ataque de coração. qualquer coisa no meu peito se tinha a bater obstinadamente como se procurasse um modo de abrir caminho corpo fora. naquela altura eu disse, dona carminho, acho que me vai parar o coração. sentámo-nos nas escadas. o frio das escadas causou-me um arrepio e eu perdi os sentidos. ainda ouvi o senhor pereira dizer, o meu amigo vai morrer.

capítulo
vinte
e
um
**precisava
deste
resto
de
solidão
para
aprender
sobre
este
resto
de
companhia**

o espanhol enrique dizia que à noite entravam uns homens pelo seu quarto dentro, cumprimentavam o senhor medeiros, que se mexia e lhes falava com confiança, e depois montavam sobre ele um aparato estranho de cabos e mangueiras, de ecrãs e coisas de computador, como teclados e até godés e tubos de ensaio onde fumegavam preparos químicos. durante a noite, esses homens iam para ali com ar de cientistas secretos, dos quais ninguém sabia nada, e montavam uma tremenda máquina de transformar portugueses em espanhóis. e ele insistia em explicar-lhes que era português, que estava bem com o ser português e que não precisava de ajuda para fugir do país, deitar o país fora, ser outro. mas os homens não queriam saber da sua insistente vontade, tinham por ofício convencer os cidadãos a apreciar o modo de vida do país vizinho, chamando atenção para a sua história deslumbrante e para o facto de nos ter dado nascimento e até lembrando os sessenta anos em que pareceu que o sonho de regressar a casa se consumava. eram homens muito decididos. não viam como poderia existir resistência numa transformação tão brilhante. e o enrique de badajoz insistia que badajoz era toda uma cidade de portugal e gritava a pulmões cheios enquanto o senhor medeiros lhe dava ordens concretas para a morte. durante a noite, tantas noites assim acontecia, o antigo quarto do esteves era usado para as experiências mais bizarras de quem inventava máquinas para fins que aceleravam a morte dos utentes. o senhor medeiros, que não morreria nunca, fizera algum estranho pacto com o diabo.

    a dona glória do linho, que namorara apenas uma vez na vida, sem que se saiba de ter havido sexo ou até um beijo mais quente, não queria perder a oportunidade de experimentar um louco amor. por isso estava como a enxotar melros da sua horta. a mim custava-me falar, sobretudo ansioso e aflito como andava, e ela atalhava os assuntos dizendo, sim, sim, pois é, é um problema. que era para ver se dava os assuntos por terminados e me punha longe do anísio. a dona glória do linho, uma nesga de mulher, nunca se vira tão proprietária e, no meio do bocado de museu, habituou-se depressa à ideia de aquelas coisas lhe terem ido parar às mãos. e eu desisti um pouco. perguntei apenas, e o seu livro, anísio, como vai o seu livro sobre as artes antigas. e ele respondeu, tenho escrito menos, mas já volto ao trabalho, volto sim. e depois perguntava-me, e os seus poemas. e eu dizia, nada, não sou poeta. e ela, metida, acrescentava, isto da vida não pode ser sempre de nariz metido nas palavras, é preciso ir ao passeio. passear, que as boas histórias dos livros estão pelas esquinas. o anísio sorriu. via-se encurralado, amarrado de mãos e pés por aquela mulher que não deixava de ser doce, mas doce exclusivamente para ele. eu desisti. disse-lhe que me andava a faltar o ar. levantei-me e o américo veio dizer-nos que o senhor pereira acabara de morrer.

    eu estava a levantar-me da cama do anísio, daquela berma em que ficávamos uns e outros quando nos visitávamos mutuamente. faltava-me o ar, com a ansiedade da conversa, a ansiedade da frustração de estar ali aquela mulher a estragar tudo, e já me encaminhava para me ir entristecer como de hábito no meu quarto. e depois vi o américo entrar, a seguir a ter batido levemente à porta. entrou, o semblante carregado de quem teria por ofício magoar-nos, e eu voltei a sentar-me. o américo disse, quero que saibam por mim, e que tentem ficar calmos, por mais triste que a notícia seja. e eu também estou muito triste. a dona glória do linho exclamou, ai meu deus, quem foi agora. e depois o américo respondeu e ela sentiu um alívio na medida certa do quanto desprezava o senhor pereira. por algum cruel motivo, a presença daquela mulher era a maior falta de respeito que poderiam cometer pelo nosso amigo senhor pereira naquele momento tão impossível de ficarmos sem ele. chorei pelo corredor fora. o américo segurou-me pelo braço e chorou também.

    quando soube, o silva da europa veio procurar-me. não lhe consegui falar porque me faltava o ar e a enfermeira tentava acalmar-me com oxigénio e pedindo que me deixassem sozinho. não larguei a mão do américo. por mais que ela tivesse a intenção de o incluir nos expulsos dali, não larguei a mão do américo. o doutor bernardo estava ao telefone com a elisa. eu proibi que chamassem um padre. se tivesse de morrer, disse, que não me pedissem para o céu. odiava o céu. queria que o céu se abatesse sobre as nossas cabeças ainda que viesse de boca dentada e aberta para me ferrar. o américo não me largou. foi essencial para que eu conseguisse, espantosamente, descansar.

depois confessei-lhe, precisava deste resto de solidão para aprender sobre este resto de companhia. este resto de vida, américo, que eu julguei já ser um excesso, uma aberração, deu-me estes amigos. e eu que nunca percebi a amizade, nunca esperei nada da solidariedade, apenas da contingência da coabitação, um certo ir obedecendo, ser carneiro. eu precisava deste resto de solidão para aprender sobre este resto de amizade. hoje percebo que tenho pena da minha laura por não ter sido ela a sobreviver-me e a encontrar nas suas dores caminhos quase insondáveis para novas realidades, para os outros. os outros, américo, justificam suficientemente a vida, e eu nunca o diria. esgotei sempre tudo na laura e nos miúdos. esgotei tudo demasiado perto de mim, e poderia ter ido mais longe. e eu não morro hoje, rapaz, não morro sem acompanhar o senhor pereira ao cemitério. diz isso ao doutor bernardo, que meta as suas psicologias e temores no lixo, eu vou ver o meu amigo ir à terra porque depois nunca mais hei de voltar a ver o meu amigo.

com a sola do sapato consegui partir um pedaço à nuvem da estatueta da nossa senhora de fátima. era um bocado da nuvem, assim azul e perfeitamente delineado como uma cobertura de bolo mas eterna. tinha uma cor alegre, uma cor do céu. agarrei-me àquele bocado de cerâmica e quis levá-lo para o caixão do senhor pereira. não haveria de descobrir as nossas pombinhas, que tanto voaram até se esquecerem do caminho para casa, bastava-me aquele pedaço de nuvem, um bocado de uma brincadeira, para o lembrar de mim, para lhe deixar ao pé qualquer coisa minha, que mo reclamasse a cada momento, que vencesse os bichos e esperasse no mundo muito tempo. se não existir céu, senhor pereira, já aqui tem o que lhe ofereço, um que não se vai apagar tão depressa, ainda que enterrado na escuridão. a mariazinha ficou igual, incrivelmente igual quando parecia eu já esperar que se movesse, que se pronunciasse sobre tanta desgraça que era a nossa. eu não esperaria mais nada para mim e nenhuma piedade, mas se fosse verdade, se por algum motivo estivesse eu enganado, que ao menos acudisse ao senhor pereira, porque ele ainda tinha umas convicções na vida depois da morte e frequentava umas missas a medo de ser acusado de demasiada rebeldia contra o criador. fui ver como entrou na terra, como lhe fizeram uma cerimónia e vieram os filhos e toda a gente se pôs a chorar. fiquei agarrado a quem me deitou a mão, longe do anísio e da dona glória do linho, porque me enjoavam as suas caras de apaixonados culpados, e eu queria estar sozinho ali com mais ninguém. fui agarrar-me ao silva da europa, que não disse nada, sustentou o meu peso e calou-se. fui eu quem afirmou, está tudo a acabar. agora está tudo a acabar.

contra a minha vontade trouxeram um padre ao lar durante a noite quando tive uma tosse violenta e deixei de respirar. falavam à boca pequena da nuvem que enterrara com o senhor pereira e estavam a ver-me ganhar alma, transcendência. achavam que me arrependeria no último momento, mas eu não estava ainda no último momento, nem fazia intenção de me arrepender. a elisa ficou na minha cadeira a passar as horas, o candeeiro sempre aceso e eu pedi que me trouxessem o silva da europa, se ele estivesse acordado. diga-me coisas sobre o fascismo, explique-me como éramos um povo de orelhas baixas a mando de um padreco de voz de menina. e ele sorria. respondia-me, você já sabe tudo, você sabe até melhor do que eu. e eu ria-me e tossia um pouco e, pela primeira vez tratei-o por colega silva, somos colegas, dois dos muitos, silvestres, muito mal-educados. e ele não queria entrar em lamentações, era porque já

vira muita gente a morrer e a morte parecia-lhe mais natural, e punha-se a dizer que eu precisava bem era de espevitar. no dia seguinte o sol estaria a aquecer o pátio e nós tínhamos encontro marcado com a dona leopoldina que ia ter de coçar o cu a desdenhar alguém. adormeci um tempo depois, o sono inteiro a admirar o céu coberto de pássaros negros que, estranhamente, me fascinaram.
 a partir de então não pude descer. as pernas apressaram-se a desmobilizar o sentido, como não sabendo nada do que sempre souberam, sem caminho, sem ida nem regresso, e os pulmões já não percebiam nada do ar, de como devia entrar e como devia sair. eu tinha de imaginar tudo pelo corpo. tinha de esforçar-me para que alguma coisa estivesse a operar na máquina estendida na cama. passaram a trazer-me todas as refeições ao quarto e a dar-me por colheres o que não tinha ossos, nem espinhas, nem consistência alguma, para que fosse de engolir ou beber sem atrito. passaram a deixar-me na penumbra porque achavam que a pouca luz me faria descansar, para que dormisse sempre mais, como indo para a morte nesses momentos de estar desligado. mas não sabiam que desligado eu ia para o outro lado da cabeça, onde me sentava no canto escuro do quarto protegendo-me com as mãos em sangue do ataque cada vez mais perto da polícia dos costumes. acusavam-me de matar as pessoas, de entregá-las para a morte, de não querer ser português, de suspirar pela morte para não ter de pagar pelos meus crimes. a morte é o seu mecanismo de fuga, seu pulha, não vamos deixar que se evada tão facilmente. quando acordava, tinha nas mãos algumas marcas dos bastões, e se me cortara nos dedos era porque tentara agarrar as patas aos corvos para que me levassem embora a voar. mas eles não eram fortes o suficiente. apertavam-me os dedos, feriam-me, e logo me largavam à tangente dos bastões furiosos.
 já não sou ninguém, rapaz, estou quase, dizia eu. não diga isso, senhor silva, ainda há de se pôr fresco. está só abatido, é compreensível depois do que aconteceu. que

doença tenho, américo, é o quê. não sei se é uma doença, é
só cansaço, dá-lhe nervos. é como ter nervos. nervos tenho
muitos. tem de acalmar. sabes que os peixes têm uma
memória de segundos. aqueles peixes bonitos que vês dentro
dos aquários pequenos, sabes que têm uma memória de uns
segundos, três segundos, assim. é por isso que não ficam
loucos dentro daqueles aquários sem espaço, porque a cada
três segundos estão como num lugar que nunca viram e
podem explorar. devíamos ser assim, a cada três segundos
ficávamos impressionados com a mais pequena manifestação de vida, porque a mais ridícula coisa na primeira imagem seria uma explosão fulgurante da percepção de estar
vivo. compreendes. a cada três segundos experimentávamos
a poderosa sensação de vivermos, sem importância para
mais nada, apenas o assombro dessa constatação. o américo
respondeu-me, seria uma pena que não se voltasse a lembrar
de mim, senhor silva, não gosto dessa teoria dos peixes,
porque assim não se lembraria de mim.

capítulo
vinte
e
dois
**as
melhoras
da
morte**

iam levar-me para a ala esquerda, eu sabia que me iam levar para a ala esquerda. perguntava, o espanhol morreu, foi o espanhol que morreu. e o américo dizia que não, que disparate, o espanhol estava zangado de goela aberta como era costume. e eu não queria acreditar. punha-me a olhar de um lado para o outro, no meu quarto, e via a mariazinha aleijada das pombinhas, aleijada da nuvem, tão triste, e quem me haveria de acudir. e eu voltava a perguntar, tens a certeza de que o espanhol não morreu, e o américo dizia que não e repetia que não. levem-me com a mariazinha, não ma deixem aqui. apegou-se a ela, senhor silva, já lhe reza. é minha, tenho pena de que fique longe de mim. e não quero ir para a ala esquerda, ali fico sem jardim, só vejo o cemitério. fico já a cair para o cemitério. têm pressa de me verem morto. não me querem aqui, ali para a ala esquerda é que se morre. o américo dizia que ainda não era para já e que não podia ser que me mantivessem ali, por causa da praxe, na ala esquerda estava a parte clínica do lar, teria máquinas e cuidados mais atempados. e eu exclamava, clínica. e ele dizia, sim, senhor silva, as pessoas doentes passam para aqueles quartos, temos lá os enfermeiros, e os soros e essas coisas das máquinas para respirar e é melhor assim, não vá ter aqueles ataques de tosse outra vez. é para se sentir melhor e mais seguro. o senhor silva já sabia disto. e eu perguntava, ó américo, mas o espanhol morreu, foi o espanhol que morreu. quem morreu. quem foi que morreu.

 o silva da europa veio dizer-me que o espanhol estava mesmamente furioso na cama ao lado da do senhor medeiros. tinham-lhe atado os pulsos para não se desapertar dos soros e, segundo se acreditava, para não se lançar ao pescoço das pessoas. era porque começaram a achar que o espanhol enrique tentara esganar o senhor medeiros e este andava com um ar mais baralhado, como se tivesse uns golpes na cabeça. o espanhol já contava a toda a gente sobre as máquinas que lhe montavam por cima da cabeça, a passarem-lhe o sangue por seringas e a misturarem-no com poções não identificadas a ver se lhe alteravam a personalidade. mas a personalidade dele, que não era uma mãozita de qualquer coisa, não se lavava dali nem com muito detergente, e ele fazia tanto berro disso que durante o dia todos haviam de saber o mal que lhe faziam durante a noite. o silva da europa dizia-me, colega silva, aquilo é de uma loucura tão convincente que a gente até fica ali a acreditar que aquele homem está a ser atacado por um qualquer grupo de malfeitores. e eu respondi, coitado do esteves, coitado do nosso esteves. como se o esteves fosse nosso, e nós, eu e o silva da europa, e o senhor pereira e mais o anísio dos olhos de luz, fôssemos uma família, uma outra família pela qual eu não poderia ter esperado. unida sem parecenças no sangue, apenas no destino de distribuirmos a solidão uns pelos outros. distribuída assim, a solidão de cada um entregue ao outro, era tanto quanto família. era uma irmandade de coração, uma capacidade de se ser leal como nenhuma outra. estendi a mão ao silva da europa e disse-lhe, e o américo, o américo também, que é meu amigo.

nunca eu teria percebido a vulnerabilidade a que um homem chega perante outro. nunca teria percebido como um estranho nos pode pertencer, fazendo-nos falta. não era nada esperada aquela constatação de que a família também vinha de fora do sangue, de fora do amor ou que o amor podia ser outra coisa, como uma energia entre pessoas, indistintamente, um respeito e um cuidado pelas pessoas todas. o silva da europa sorria e acenava que sim. dizia-me que não desesperasse, haviam de deixar-me muito tempo ainda no meu quarto e, se o espanhol estava vivo e ruidoso, não iria para o quarto do esteves onde os sinistros cientistas faziam experiências perigosas com quem estava para morrer a mando do senhor medeiros. colega silva, somos do piorio, somos silvestres, não nos abate uma qualquer ameaça, ainda vamos durar muito, você e eu, a vermos no que dá o romance do anísio com a outra dos pés. e eu ri-me no meio das dores e da confusão e pensei na dona glória do linho em bicos de pés a atravessar o lar de um lado para o outro com o anísio a enxotá-la com carinhos e palavrinhas maricas.

anda, glorinha, vamos ver as flores, vamos ouvir os passarinhos, vamos descobrir formas nas nuvens. e, enquanto isso, nem ele escrevia o livro que queria escrever, esse legado à humanidade que guardaria para sempre o seu nome, tão ou mais digno quanto as peças de museu que adorava, nem ela se consolava, ganante de amor como se fosse fome de comer. as cartas do amor inventado para a dona marta foram rasgadas uma a uma pelo anísio diante de mim. de todos era o pior que podia escolher para aquele ofício, eu sabia-o muito bem. estava como que a magoá-lo perversamente, como a obrigá-lo a destruir o longo discurso de amor, e ainda o documento, atormentando-o com a ideia de não preservar um documento. acho que deixei mesmo de gostar da dona glória do linho, que tanto de menina tinha quanto de glutona egoísta do nosso amigo. também era o anísio aquele que melhor cederia à minha chantagem. arredado de nós como andava, não esquecido mas sem tempo para o exercício da amizade. foi fácil cobrar-lhe a lealdade. vi-o a rasgar em ínfimos pedaços cada carta, inviabilizando para sempre a possibilidade da sua leitura. perguntava-me por que não deixar que ficassem. seriam uma história bonita no feliz idade. e eu respondia que não, não o queria, que as histórias bonitas aconteciam por acaso, e eu acabara de aprender que a vida tem de ser mais à deriva, mais ao acaso, porque quem se guarda de tudo foge de tudo.

 iam levar-me para a ala esquerda e eu não podia mais defender-me. não me levantava, permanecia estendido com as pernas numa espécie de formigueiro e a boca aberta à súplica do ar. já não teria como agarrar num livro e esperar matar alguém. não teria como cuidar por mim do senhor medeiros, que era concretamente indestrutível. eu não poderia sequer entender o que seria dali para diante. o meu cérebro estava a afundar-se, estava a aluir corpo abaixo, já depois do coração, lentamente, a desregular o sítio de cada coisa, a queimar-se como em erosão pelo atrito em pedra rugosa. o meu cérebro levava-se de mim, anulando progressivamente cada memória, cada desejo. estava no ponto peixe.

o glorioso ponto peixe a partir do qual o destino nos começa a ser irrelevante. encaramos as coisas com o mesmo drama com que em segundos o esquecemos e nos esperançamos de alegria por outro motivo qualquer, sem saber por quê. eu percebi que me levariam para a ala esquerda, já a ser tombado para a morte em pouco tempo. falta pouco tempo, antónio, pensava eu, falta pouco tempo para isto tudo se desligar. depois, não vais estar em lugar algum. não vais estar em lugar algum. e o coração mexia-se a custo e eu pensava, ainda não, agora ainda não. não que me faltasse algo, não me faltava nada, mas eu sabia que me iam levar para a ala esquerda, tinha de lá chegar primeiro, só depois havia de deixar-me ir.

sentaram-me numa cadeira de rodas e tiveram cuidado para me prenderem as pernas já tão magras, não fossem deslizar para o chão até debaixo das rodas e fazerem-me cair. puseram-me as mãos no colo, uma sobre a outra e eu ainda as vi, brancas, pálidas, a perder sangue. cobriram-me com uma pequena manta e sobre a manta encostaram a mariazinha ao meu peito, entre o peito e o braço da cadeira, como atentamente o américo dera ordem. subimos pelo elevador ao piso de cima e atravessámos o espaço até chegarmos à clínica. uma enfermeira foi à frente abrindo a porta do quarto do esteves e sorrindo, a dar-me passagem, e eu seguia empurrado por um rapaz novo que nunca vira. a cadeira, por ser larga, transpunha a porta num ângulo certo e isso tomou três segundos, os suficientes para que eu pudesse perceber o rosto sempre vivo do senhor medeiros expectante, certamente exultante por ser eu quem, finalmente, lhe caía na armadilha. depois que me acomodaram na cama do esteves e do espanhol, o américo veio ver-me. estava triste e já dificilmente me animava. a minha voz sumira-se e as forças não me permitiam cobrar-lhe as promessas de que não seria metido naquele quarto. o américo ficava longe de mim. o corpo desligando-se dos sentidos é como distanciando-se, ganhando espaço para exalar quanto tenha para deixar ir embora. e eu estava no quarto do esteves para conhecer tudo, conhecer o sentido da vida, por que coisa nos devemos defender ou não. ainda que do lado de lá já não exista nada, apenas a memória para os vivos de quem fomos. a memória e a dignidade possível. e eu disse ao américo, alegra-te rapaz, estiveste sempre triste, como se a vida já fosse triste para ti. e ele respondeu, gosto muito de si, senhor silva, queria tirar-lhe as dores, queria tirar-lhe as dúvidas.

naquela noite, pouco tempo depois de estarmos de luz apagada, o senhor medeiros disse, morre, filho da puta, morre. ouvi perfeitamente aquela voz que já conhecia a retumbar no silêncio austero do espaço. e outra vez o disse, morre, seu filho da puta. depois, a porta do quarto abriu-se. era a mesma enfermeira que ali me levara. mexericava nuns papéis que metia para os bolsos, olhava para mim, via-me o pulso, sorria, dava uns passos para trás, outros para a frente, e sorria. depois saiu. assim que ficámos sós, de volta ao silêncio absoluto, percebi como na cama do senhor medeiros algo se mexia. era um arrastado lento nos lençóis, um barulho lento como o de alguém que muda de posição na cama. um barulho impossível, se o senhor medeiros não se podia mexer, se estava como vegetal sem direcção alguma. e era como se estivesse a levantar um braço dali para fora quando, subitamente parando, voltou a dizer, morre, filho da puta. e a enfermeira voltou. trouxe uma pequena geringonça com ela que tinha um visor e uma luz vermelha intermitente que, no escuro do quarto, tingia tenuemente todas as coisas. lá rodou tal geringonça até aos pés da minha cama e foi novamente à porta, espreitou e entrou dizendo, podem vir, podem vir. foi quando entraram umas oito pessoas, nenhuma que eu tivesse visto antes, carregadas de estranhas armas que se juntavam umas às outras, a passarem cabos por sobre o meu corpo, a susterem agulhas, soros, e com uns globos a ferverem como chá. corriam pequenas mangueiras com cores diferentes e um dos homens tinha uma lanterna de capacete, como se fosse explorar uma mina, e desataram por ali a ver umas folhas grandes e a discutirem como alcançar o melhor resultado e espiavam-me o rosto e os olhos, ficavam muito perto à procura de algo. alguém foi cumprimentar o senhor medeiros. estava onde eu não o poderia ver, mas percebia-o em conversa com o senhor medeiros com algum entusiasmo. uma mulher começou a tratar de uns botões, batia num teclado e sintonizava uns interruptores. subitamente fez-se um clarão de fogo e um outro homem disse-lhe, cuidado, ainda incendeias isto tudo outra vez, e ela desculpou-se, disse que eram os ritmos que precisavam de ser reajustados porque eu estava a resistir demasiado. e depois alguém comentava que talvez eu fosse demasiado resistente, e outra mulher respondia, nada disso, está mesmo a precisar, não se mexe, já nem fala, é urgente, é um caso de urgência. e, para ficarem descansados, alguém notou que eu não resistia tanto quanto o outro. eu não sabia quem seria o outro. o ritmo é mais acertado. vai correr bem, afirmava. inclinava-se diante de mim e dizia, vai ficar tudo bem, está tudo bem. e eu vi como montaram sobre mim a parafernália incrível de uma máquina nunca vista que se erguia até ao alto teto e se estendia por todo o quarto, até passando pelo senhor medeiros e chegando à porta, com arrebiques de tudo, sustentada em arames e ferros articulados que se desdobravam para servirem de pés à estrutura esdrúxula que aqueles loucos cientistas sabiam montar. vi como tinham as tarefas perfeitamente distribuídas e como se revezavam em cada momento para que fizessem todos o que quer que fosse que punha aquilo a fremir um pouco, num silêncio profundo mas intenso que parecia potenciar até uma bomba.

    naquela altura eu tinha de gritar. precisava de dizer que me arrependia, que não queria acabar sem metafísica, que me enterrassem com a metafísica e português. arrependia-me do fascismo e de ter sido cordeiro tão perto da consciência, sabendo tão bem o que era o melhor valor, mas sempre o ignorando, preferindo a segurança das hipocrisias instaladas. eu precisava de gritar dizendo que queria morrer português, queria ser português, com a menoridade que isso tivesse de implicar, porque fui um filho da puta, e merecia ser punido, fiz do meu país um lugar de gente desconfiada, nenhum povo unido. eu precisava que me deixassem morrer inteiro. um monte de peles e carnes derrubadas, mas inteiro, com a vergonha de ter sido conivente e o orgulho de ter percebido tudo. porque eu precisava de morrer consciente, recordando cada minuto do tempo com a minha laura, recordando como a vida se fizera em torno dela e da família, como me terá parecido que assim devia ser um homem, como assim me havia bastado a cidadania. assente sobretudo no amor. não me tirem a consciência do amor e da sua perda.

na manhã seguinte, hoje, abertas as portadas, entra uma luz pacífica pelo quarto e eu estou bem. são as melhoras da morte, com certeza. esse instante piedoso em que nos deixam vir ao de cima, quem sabe para nos entendermos, para nos rematarmos, antes de ser tudo passado. estive a noite inteira no purgatório da ilusão e acordei para entrar no fugaz turbilhão da memória, recuperando tudo, lembrando tudo como se a vida se condensasse em alguns minutos. agora, o américo, o silva da europa e o anísio vieram bordejar a minha cama com pequenos cuidados e uma alegre tristeza. despedem-se de mim com palavras espaçadas e sem grande importância. eu explico-lhes que durante a noite o senhor medeiros ordenava que eu morresse, e que gente sinistra entrou por aqui montando uma incrível máquina sobre mim. era uma máquina para me tirar o fascismo da cabeça. mas eu já o havia tirado antes, explico eu. eu já o tinha feito a frio, sem ajuda das tecnologias, porque a consciência ainda é dos químicos mais corrosivos, ou dos melhores detergentes, se quiserem. os meus amigos riem-se. e eu insisto, é verdade que o senhor medeiros se põe a dizer coisas, e acho até que se mexe. o américo chegou-se a mim e refutou, senhor silva, isso é uma impressão, é já um mito deste quarto, o senhor medeiros está como uma planta e nunca poderia falar, foi operado à garganta e tiraram-lhe as cordas vocais há muitos anos. e eu contradigo-o, não é verdade, rapaz, o senhor medeiros fala e tem para aí um pacto com o diabo. o anísio pergunta, isso não é o amigo silva a acreditar na transcendência. e eu respondo, só acredito nos homens. finalmente, só acredito nos homens, e espero que um dia se arrependam. bastava-me isso, que um dia genuinamente se arrependessem e mudassem de conduta para que fosse possível acreditarem uns nos outros também. mais do que isso, sinto apenas angústia. a enfermeira entrou, aproximou-se de nós, perguntou, o que sente, senhor silva. e eu repeti, angústia, sinto angústia.

nota
do
autor

o meu pai sempre disse que morreria de um cancro antes da terceira idade. eu achava que o meu pai era maluco. hoje, acho que o meu pai era maluco e sabia que morreria de um cancro antes da terceira idade. tenho muito respeito por isso, por mais que me tenha feito sofrer. ainda acreditei que aquilo era para os dois. que eu também morreria mais cedo do que o esperado. lamento muito que o meu pai não esteja a viver a terceira idade, por isso decidi inventar uma terceira idade para nós, malucos os dois.

agradeço ao tomás vasques e à herdade dos salgados a fantástica estadia que me proporcionaram, em março de dois mil e nove, durante a qual escrevi uma parte deste livro. com sete maravilhosas piscinas à disposição, não utilizei nenhuma. a importância deste trabalho era demasiada para mim, que é dizer que a importância da vossa ajuda foi demasiada para mim também. muito obrigado. obrigado à maria do rosário pedreira e ao manuel alberto valente por formularem o pedido.

obrigado ao quito pela gestão dos sóis. os jantares, a internet, o silêncio. o resto do livro lembra-se todo de ti. obrigado ao mário azevedo e à isabel lhano, por serem os primeiros leitores. obrigado a tanta gente que, com cuidado, me abordou ansiosa por saber deste livro. é muito incrível escrever-se efectivamente para alguém.

sobre o autor

valter hugo mãe é português, nascido em Saurimo, Angola, no ano de 1971. Estudou Direito e Literatura portuguesa moderna e contemporânea em Portugal, onde vive desde a infância.

Publicou os romances *o nosso reino* (2004), *o remorso de baltazar serapião* (2006, Prêmio Literário José Saramago); *a máquina de fazer espanhóis* (2010, Prêmio Portugal Telecom de Melhor Livro do Ano e Prêmio Portugal Telecom de Melhor Romance); *o apocalipse dos trabalhadores* (2011), *O filho de mil homens* (2012) e *A desumanização* (2014). Os quatro últimos foram publicados no Brasil pela Cosac Naify.

Os seus poemas reuniram-se, em Portugal, no volume *Contabilidade*. Recebeu o Prêmio de Poesia Almeida Garret. Também foi reconhecido com a Pena de Camilo Castelo Branco e com o Troféu Figura do Futuro.

Escreveu alguns livros infantojuvenis, entre os quais *O paraíso são os outros*, em parceria com o artista plástico Nuno Cais (Cosac Naify, 2014). Esporadicamente dedica-se ao desenho e à música. Escreve as colunas "Autobiografia Imaginária", no Jornal de Letras, e "Casa de Papel", no jornal Público. Apresenta um programa de entrevistas num canal de televisão português.

Outras informações sobre o autor podem ser encontradas na sua página oficial do Facebook.

© Cosac Naify, 2011
© valter hugo mãe/Editora Objectiva
Publicado mediante acordo com a Editora Objectiva
www.objectiva.pt

Imagem de capa *Pássaros negros* © Lourenço Mutarelli, 2011

Coordenação editorial EMILIO FRAIA
Revisão ISABEL JORGE CURY, PEDRO PAULO DA SILVA, MARIA FERNANDA ALVARES
Projeto gráfico PAULO ANDRÉ CHAGAS
Produção gráfica SIRLENE NASCIMENTO

7ª reimpressão, 2015

Esta edição mantém a grafia do texto original português, adaptado ao novo Acordo Ortográfico da Língua Portuguesa, com preferência à grafia lusitana nas situações em que se admite dupla grafia e preservando-se o texto original nos casos omissos.

Dados Internacionais de Catalogação na Publicação (CIP)
(Câmara Brasileira do Livro, SP, Brasil)

mãe, valter hugo [1971 -]
a máquina de fazer espanhóis: valter hugo mãe
São Paulo: Cosac Naify, 2011
256 pp.

ISBN 978-85-7503-813-0

1. Ficção portuguesa I. Título.

11-04720   CDD-869.3

Índices para catálogo sistemático:
1. Ficção: Literatura portuguesa 869.3

FSC
www.fsc.org
MISTO
Papel produzido a partir de fontes responsáveis
FSC® C008008

A marca FSC® é a garantia de que a madeira utilizada na fabricação do papel deste livro provém de florestas que foram gerenciadas de maneira ambientalmente correta, socialmente justa e economicamente viável, além de outras fontes de origem controlada.

COSAC NAIFY
rua General Jardim, 770, 2º andar
01223-010 São Paulo SP
cosacnaify.com.br [11] 3218 1444
atendimento ao professor [11] 3218 1473
professor@cosacnaify.com.br

Edição apoiada pela Direcção-Geral do Livro e das Bibliotecas/Portugal

MINISTÉRIO DA CULTURA
DGLB
DIRECÇÃO-GERAL DO LIVRO E DAS BIBLIOTECAS

FONTES Nassau, Conduit
PAPEL Pólen soft 80 g/m²
GRÁFICA Loyola